कुंजगली नहिं साँकरी

(उपन्यास)

अनीता गोपेश

जन्म : 24 अगस्त, 1954 (इलाहाबाद में ही)

शिक्षा : एम.एस-सी., डी.फिल् (प्राणि- विज्ञान)

साहित्य सेवा : विभिन्न पत्र-पत्रिकाओं के लिए फ्रीलांस, ***लेखन–***छात्र जीवन से ही फीचर, लेख, कहानियाँ प्रकाशित। ***आकाशवाणी-दूरदर्शन–*** आकाशवाणी से महिला, बच्चों के लिए लेख, साहित्यिक कार्यक्रमों के लिए गम्भीर विषयों पर अनेक कहानियाँ, लेख, शब्द-चित्र तथा नाटक प्रसारित।

राष्ट्रीय तथा अन्तर्राष्ट्रीय स्तर की पत्रिकाओं जैसे हंस, वागर्थ, पाखी, कथादेश, नया ज्ञानोदय, लमही, वर्तमान साहित्य, आजकल आदि में कहानियाँ, लेख आदि प्रकाशित। ***नाटक–***आकाशवाणी की आडीशण्ड नाटक कलाकार, नगर की प्रतिष्ठित रंग संस्था 'इलाहाबाद आर्टिस्ट एसोसिएशनद्द में सक्रिय सदस्य। कई नाटकों में अभिनय भी किया, जिनमें 'तुगलकद्द, 'घासीराम कोतवालद्द, 'रसातलद्द उल्लेखनीय। वर्तमान में प्रतिष्ठित रंग संस्था 'समानान्तरद्द की अध्यक्षा। ***कथा संग्रह–***कित्ता पानीद्द ज्ञानपीठ प्रकाशन से प्रकाशित।

सम्प्रति : इलाहाबाद विश्वविद्यालय के प्राणि- विज्ञान विभाग में अध्यक्ष तथा मत्स्यकी में शोध कराने में संलग्न।

अनीता गोपेश

कुंजगली नहिं साँकरी

लोकभारती पेपरबैक्स

पहला पेपरबैक संस्करण : 2019

लोकभारती पेपरबैक्स : उत्कृष्ट साहित्य के लोकप्रिय संस्करण

लोकभारती प्रकाशन
पहली मंजिल, दरबारी बिल्डिंग, महात्मा गाँधी मार्ग
इलाहाबाद-211 001

वेबसाइट : www.lokbhartiprakashan.com
ईमेल : info@lokbhartiprakashan.com

शाखाएँ : 1-बी, नेताजी सुभाष मार्ग, दरियागंज नई दिल्ली-110 002
अशोक राजपथ, साइंस कॉलेज के सामने पटना-800 006 (बिहार)
36-ए, शेक्सपियर सरणी, कोलकाता-700 017 (प. बंगाल)

जे.के. आर्ट प्रेस
प्रयागराज द्वारा मुद्रित

मूल्य : ₹ 125

KUNJGALI NAHI SANKRI
by Anita Gopesh

ISBN : 978-93-88211-43-7

‘माँ और मौसियों की उस पीढ़ी को जिन्हें अपने

मन का जीवन जीने को नहीं मिला’

यह वृन्दावन की नहीं, बनारस की कुंजगली है। चिता की कभी न बुझनेवाली आगवाले मणिकर्णिका घाट के पास, ठीक कचौड़ी गली से लगी, जहाँ कभी हर दिन साड़ी के व्यवसाय में लाखों के वारे-न्यारे हो जाते थे। आज सूरत की सस्ती टिकाऊ साड़ियों के चलते भले ही उसकी वकत थोड़ी कम हो गयी है, पुराने समय में पुरानी ज़मींदाराना कोठियों की तरह इसकी रौनक देखते ही बनती थी। 'साँप-सीढ़ी' खेल के साँपों जैसी पतली, एक-दूसरे से जुड़ती-कटती गलियों, उनके ऊपर छज्जों, छतों, बारादरियों तक जाती खड़ी-खड़ी सीढ़ियोंवाली इमारतों से बना यह बाज़ार, 'साँप-सीढ़ी' के खेल जैसा ही लगता है। यहाँ दूसरे बाज़ारों की तरह सुबह-सुबह चहल-पहल नहीं होती। दिन चढ़ने के बाद, धीरे-धीरे आढ़तियों की छोटी-छोटी, गहरी लम्बोतरी अन्दर को जाती दुकानें खुल जाती हैं। ज़मीन पर बिछे गद्दे, उन पर रखे बुर्राक सफ़ेद तोशक-तकिये और चाँदनी से ढके गद्दोंवाली इन दुकानों पर खरीदारी करनेवाले लोग आते तो उन्हें गद्दे में धँसकर, मसनद से टेक लगाकर ही बैठना होता। दुकान पर कोई माल नहीं होता। गणेश-लक्ष्मी की तस्वीर या चाँदी की मूर्ति ज़रूर होती जिस पर फूल-माला चढ़ाकर और सिर नवाकर दिन की शुरुआत होती। ग्राहक और साड़ियाँ बेचनेवालों के बीच बिचौलिया का काम करते ये आढ़तिये, दोनों तरफ़ से कमीशन लेते। कमीशन की कमाई ही इनका व्यवसाय है। कमीशन की कमाई को कभी दलाली की कमाई कहकर हिकारत की नज़र से देखा जाता था। पर अब नहीं। अब तो हर कहीं दलाली का बोलबाला है। वे दुकान खोलकर इन्तज़ार करते ग्राहकों का। ...साड़ी की ऐन तह के बराबर दफ्ती के डिब्बे-पर-डिब्बे साधे; पतली गलियों से गुज़रते इन कारीगरों की अपनी सांकेतिक भाषा है और कन्धे रगड़ते एक-दूसरे के सामने से गुजरते ये एक-दूसरे से बताते चलते हैं कि किस आढ़त पर किस तरह

की साड़ी की माँग है। साड़ी के सबसे बड़े आढ़तिया पं. सूरजभान मरोलिया साड़ियों के व्यवसाय में ही बड़े आदमी हो गये। उनकी आढ़त, "कभी महल-सी रही" इमारत की छत पर लाइन से लगे कमरों में से दो कमरों में थी। उनका काम बहुत फैला हुआ था। साख बड़ी पक्की थी। वे जो साड़ी दिलवा दें उसकी जरी सालों बाद भी काली नहीं पड़ती और, "जलाने पर सचमुच उसमें से सोना या चाँदी निकला" उनके ग्राहक ऐसा बताते। उनके ग्राहक भी बरसों पुरानी-पुश्तैनी घरैतिनें। आतीं तो उनसे परदा करके ही बैठतीं। उनकी शादी में भी तो साड़ियाँ इसी आढ़त की चढ़ी थीं। काम बहुत फैल गया है मरोलिया जी का और देखनेवाले कम हैं। उनके दो बेटियाँ ही हैं। एक बेटी कलकत्ता में है, अपने घर-परिवार के संग। दूसरी यहाँ मरोलिया जी के साथ। काम में मदद करने को एक दामाद भर हैं। तीसरी पीढ़ी में भी कोई देखनेवाला नहीं। बेटी की भी दो बेटियाँ ही हैं। कभी-कभी उनके मन में आता है भगवान् से पूछें, "ऐसा क्यों भगवान्? सब-कुछ देकर देखनेवाला क्यों नहीं दिया।" पर एक ठण्डी साँस लेकर रह जाते हैं। भाग्य में जितना बदा होता है उतना ही मिलता है।

दूसरी बेटी के जन्म के कुछ महीने बाद ही बीबी कैन्सर से चल बसी। कैन्सर का तब कोई इलाज नहीं था। परिवार बढ़ने का सवाल ही नहीं रहा। उनकी आढ़त पहली दुछत्ती पर है। उसके ऊपर एक और छत है। खड़ी-खड़ी सीढ़ियाँ, मालूम होती हैं कि स्वर्ग को ही जा रही हैं। ऊपर चढ़ने को दाहिनी ओर एक मोटी लोहे की ज़ंजीर है, साथ ही एक मोटी रस्सी भी इसमें लिपटती हुई। इतना ना हो तो एक बार में ही टूट जाये, रस्सी और ज़ंजीर दोनों ही। जो भी चढ़ता उसे हाथ से थाम पीछे को झुका ही जाता, ऐसे की पूरे शरीर का बल रस्सी, जंजीर और दीवार पर, जिसमें लोहे के कुण्डे लगे थे जिनमें रस्सी बँधी थी। उसे पकड़े बिना चढ़ना तो क्या, उतरना भी मुश्किल था। एक शख़्स है जो बिना उसे पकड़े सरसराकर ऊपर पहुँच जाता है। साड़ियों के डिब्बे उसके बायें कन्धे पर दीवार की तरह जमे होते, एक के ऊपर एक। दायें हाथ से ज़ंजीर पकड़ता बसन्त को बिल्कुल आलस नहीं लगता सीढ़ी चढ़ने में, जबकि सुबह एक-दो घर की पूजा निपटाकर ही बाज़ार में आ पाता है। नवरात्रि के दिनों में उसकी माँग और बढ़ जाती। मशीन की तरह दुर्गा सप्तशती या सुन्दरकाण्ड का पाठ निपटाता। एक घर ख़तम तो दूसरे घर, दूसरे से तीसरा, तीसरे से चौथा। तीर की तरह काम निपटाता चलता। दस दिन बाद एक साथ पैसा मिल जाता, उतने घरों का। बड़ी बहन की फ़ीस भरनी होती तो कभी मकान का किराया देना होता। पिता जी की दवाइयों का ख़र्चा अलग से।

पता चला जामदानी चन्देरी की दरकार है सुरजू लाला के यहाँ। बसन्त के पास दर्जन भर थीं। पहुँचकर लाइन में लग गया। उससे पहले जो दिखा रहा है वह दिखा ले तभी वह आगे बढ़ेगा, पेशे का अपना उसूल। अपनी पारी आने पर दिखायी उसने साड़ियाँ। हमेशा की तरह दाम पर बहसा-बहसी। सूरजभान लाला बोले– "छोड़ जा छोरे थोड़ी देर को। अभी फ़ैसला करवा लेते हैं। महँगी साड़ी हो तो ग्राहक को थोड़ा समय तो देना ही होता है।"

"नहीं लाला जी– अभी-का-अभी तय कर लो– लेनदार बहुतेरे बैठे हैं कुंजगली में। मेरे पास इतना समय ना है।" बसन्त ने चहककर जवाब दिया।

"ओहो रे छोरे, हवाई जहाज पे चढ़कर आया है क्या?" सूरजभान जी बोले।

"मुझे शाम को और भी बहुतेरे काम करने होते हैं। सरस्वती टाकीजवाले अग्रवालों के यहाँ सप्ताह फाँदा है। अबेर हो जायेगी।" बसन्त ने साड़ी समेटने को हाथ बढ़ाया।

"पण्डित का छोरा है? यहाँ कहाँ आ पड़ा जुलाहों के काम में?" सूरजभान को मज़ा आने लगा इस चटख बालक के संग।

"काम तो लाला जी आपका बुरा कहा जावे। लोग कहवें की दलाली की कमाई फलती ना है। पर मेरी माँ बोलती है कि काम कोई बुरा ना होवे– जुलाहे का हो चाहे पण्डित का– बस खरा ईमानदारी का होना चाहिए। चोरी-चकारी बुरी होवे। मैं तो जी सिनेमा में इण्टरवल में समोसे बिस्कुट भी बेच लेऊँ।"

"किसका बेटा है? पण्डितों की तो पूरी बिरादरी मैं जानूँ।" इस बार साथ लगे दामाद विसनाथ बाबू ने धीरे से झुककर बताया, "बिरजू मामा जी का छोरा है। आपने पहचाना नहीं।" सुरजू लाला को तीर-सा लगा– यह उनके ममेरे भाई बृजभान और कल्याणी का बेटा है। इतना बड़ा हो गया– कितने साल का होगा, तेरह-चौदह... इतने साल बीत गये। कितना ऊँच-नीच देखा उन्होंने इन चौदह सालों में, कितना बिरजू के परिवार ने। किस पर गयी है शक्ल छोरे की! बिरजू पर? ना। यह तो अपनी माँ पर गया है। हाँ, नैन-नक्श तीखे-तीखे वैसे ही तो हैं। वैसे ही जैसे उनको पहली झलक में दिखे थे जब उन्होंने कल्याणी को देखा था।

जी हाँ पाठकों ऐन यहीं से कहानी शुरू होती है। नहीं, शुरू नहीं होती शुरू तो हुई थी कोई 14-15 साल पहले। यह तो जैसे उस कहानी के बहाव के बीच में आ गयी एक मणि है, ठीक वैसी ही जैसी सिन्धिया घाट पर है। गंगा में तैरते हुए लोग जब थक जाते हैं तो थोड़ी देर सुस्ता लेते हैं उस पर बैठकर और बैठे-बैठे निगाह डालते हैं गंगा के विंहगम विस्तार पर। कुछ देर अपनी ताक़त थाह लेने के बाद फिर कूद जाते हैं, वापस किनारे जाने को या फिर और गहरे में तैरने को।

सुरजू लाला भी पीछे की ओर मुड़ने लगे थे समय की पिछली धारा में जिसे ठण्डे बस्ते में डाल रखा था इतने बरस। जाकर ठहरे वहीं जहाँ से यह कहानी शुरू हुई थी।

मनि : सिन्धिया घाट की

सूरजभान पण्डित गोपाल महाराज के बैठका में कल्याणी के सामने खड़े थे– कल्याणी दरवाजे की डेहरी पर खड़ी आँख चुरा-चुरा कर उसे देख भी रही थी, नहीं भी देख रही थी। पण्डित जी का गुरु गम्भीर स्वर आज भी सूरजभान की कानों में गूँज गया, ''कल्याणी बिटिया! लो, ठीक से देख लो। अब ना कहना कि बिन दिखाये ब्याह कर देते हैं।'' उन्होंने पहले ही कह दिया था कि अपनी बेटी को दिखाये बिना वे उसका विवाह नहीं करेंगे, दुनियावाले चाहे जितनी पंचायत करें।

यही तो परेशानी आ खड़ी हुई थी शातिर दिमाग़ सूरजभान की योजना में। अपने ममेरे भाई की शादी कराकर उनकी ज़िम्मेदारी से मुक्ति पाना चाहते थे। कहने को वे इस घर के पाहुन थे। मामा के घर पले-बढ़े। माँ एक बेटे के बाद ही गुज़र गयी तो नाना उन्हें अपने घर ले आये थे। मामा के एक ही बेटा था। उन्हें लगा था एक और सही। बेटा ही तो है– पड़ा रहेगा कहीं किसी कोने में। पर कोने में पड़ी रहनेवाली बुद्धि नहीं पायी थी सूरजभान ने। हर चीज़ में चटक, अपने ममेरे भाई से उलट। देखने में सुदर्शन, गोरा-चिट्टा रंग, घने घुँघराले बाल, काली चमकीली आँखें। बड़े भाई की सुस्ती उसकी चटकवाही के आगे और बढ़ती गयी। बनारस में नजूमी, नशेड़ी-भँगेड़ी तरह-तरह के। घाटों पर दिनभर घूमो, चाहे पतंग उड़ाओ। साथ-साथ, ये सुख मुफ्त में। सूरजभान जहाँ सिन्धिया घाट से गंगा पार करने का अभ्यास करते बृजभान इन सारे बवालों में लगे रहते। पढ़ाई में मन नहीं लगता देख पिता ने दुकान पर बैठने को कह दिया। सूरज पढ़ता भी रहा और काम भी सीखता गया। मामा अपने

बेटे की चिन्ता में घुलते जाते। तिस पर न जाने कहाँ से बेटे को तपेदिक के रोग ने पकड़ लिया। उम्र बढ़ती जा रही थी। काम-धाम करना नहीं। साड़ी के पुश्तैनी धन्धे के बहाने कोई लड़की मिल जाये तो घर बस जाये वरना बीमारी की ख़बर फैल गयी तो कोई भी अपनी लड़की नहीं देगा। तपेदिक तब असाध्य रोग हुआ करता था। शुरुआती दौर में थी बीमारी पर खाँसी और दम फूलना शुरू हो गया था। मामा के सपने को पूरा करने का बीड़ा उठाया तेज़ दिमाग़ सूरज ने। दुकान भी सँभाला और बृजभान की ज़िम्मेदारी भी।

काशी-दर्शन को अलवर से आये पण्डित गोबरधन ने अलवर के पण्डित गोपाल महाराज की बेटी का रिश्ता सुझाया तो सूरज तुरन्त दौड़ लिये। पत्री-पंचाँग सब मिल गये पर समस्या तब आयी जब पण्डित गोपाल महाराज ने कहा कि मैं अपनी बेटी को लड़का दिखाकर ही शादी पक्की करूँगा। बृजभान की सेहत उनकी बीमारी की चुगली खाती थी। सवाल यह कि ऐसे में कोई कमसिन लड़की उन्हें कैसे पसन्द करेगी।

खुड़पेची दिमाग़ ने सूरजभान को रास्ता सुझाया। बिना किसी को बताये अलवर पहुँच गये, बृजभान बनकर। ख़तरे उठाने में बचपन से माहिर थे सूरजभान। छोटे थे तो हाथ से छिपकली को दुम से पकड़ नचा लेते थे। बन्दर से बन्दर का बच्चा छीन, पाल लेते थे। साँप को दुम से पकड़ लेते और बच्चों को डराकर धौंस जमा लेते थे। उन्होंने सोच लिया करके देखते हैं। लह गयी तो लह गयी। नहीं लही तो वापस काशी।

अलवर में ब्राह्मणों की भारी संख्या हुआ करती थी। जितने जैनी, अग्रवाल उतने ही उनके मान पण्डित। पीढ़ियों से जजमानी चलती थी गोपाल पण्डित की यहाँ। पढ़ाई की पर गाँधी जी के प्रभाव में बीच में छोड़ दी थी। पढ़े-लिखे विद्वान् पण्डित कम ही थे। इसीलिए गोपाल पण्डित की बड़ी इज़्ज़त थी। शादी जिससे हुई वह भी उस ज़माने के मिशनरी स्कूल में आठवीं कक्षा तक पढ़ी हुई थी। सो जब बेटियाँ हुईं तो दुःखी होने के चलन को दोनों ने ललकार दिया।

"भगवान् दो ही जान देते हैं, बेटा या बेटी। दोनों जब भगवान् की देन तो उसमें फ़र्क क्या करना। और न होंगी लड़कियाँ तो बेटा जनेगा कौन।" पण्डित गोपाल महाराज बेटियों को देखकर कहते।

अपनी पहली बेटी का नाम रखा कल्याणी। दूसरी का वैभवी पर पुकारते विभा। उसके बाद हुआ बेटा उसका नाम रखा कार्तिकेय। बेटियों को लड़के-जैसे कपड़े पहनाते। शहर में मिशनरीज के कई एक स्कूल खुल गये थे जहाँ इक्का-दुक्का लड़कियाँ पढ़ने जाने लगी थीं। कल्याणी और वैभवी का नाम भी वहीं लिखा दिया था पण्डित गोपाल जी ने। लड़कियों को स्कूल भेजनेवाले अभिभावकों की खूब भर्त्सना होती। गोपाल पण्डित की भी हुई पर उन्होंने परवाह नहीं की।

गाहे-ब-गाहे काम करते जब कल्याणी गाने लगती, *"ईसू मसीह मेरे प्राण बचैया। पार करो मेरी जीवन नैया"* तो सुनकर पण्डित हँस देते, "लो पण्डिताइन सुन लो। ठाकुर जी तो अपने थे ही तुम्हारी बिटिया ने ईसू मसीह को भी अपना बना लिया।"

कल्याणी की शादी की बात चली तो एक दिन छोटी वैभवी ने खाने के समय पिता से चुगली लगायी, "बाबा एक बात हम बतायें। दीदी गुस्सा हो रही थी। कह रही थी।" कल्याणी ने उसे आँखों से बरजा। पर पण्डित गोपाल जी ने पूछ ही लिया, "हाँ-हाँ बता तो सही, क्या कह रही थी तुम्हारी दीदी।"

"दीदी कहती है कहने को बड़े पढ़े-लिखे बनते हैं। पर लड़की को भेड़-बकरी की तरह अनजान आदमी के साथ बाँध देते हैं। यह भी कोई तरीक़ा हुआ रिश्ते का।"

"अच्छा भई छोटी। बता दे अपनी दीदी को, उसे दिखाये बिना और उसके हामी भरे बिना हम उसकी शादी नहीं करेंगे। अब तो ठीक?" कल्याणी की आँख चमक गयी। उस समय के लिए इतना भी कुछ कम क्रान्तिकारी नहीं था।

चूल्हे पर चढ़े तवे पर रोटी डालती कल्याणी की अम्माँ की आँखें खुशी से चमक गयीं। अपनी सयानी हो गयी बिटिया की तरफ़ देखकर प्रगल्भ से भर गयी— "नाजों पाली हमारी बिटिया! कुछ दिन की मेहमान इस घर में। अब चली जायेगी अपने घर।" और प्रार्थना की भगवान् से, "कभी उस पर दुःख की छाया न पड़े भगवान्।"

बनते-बनते बन गया बानक

दरअसल बृज की जगह अपने-आपको दिखायेंगे ऐसा सोचकर नहीं चले थे सूरजभान। पर दुविधा ज़रूर थी कि बात को बनायें कैसे? और बानक अपने-आप बनता चला गया। ''सुबह की गाड़ी से पाहुन आयेंगे'' ऐसी ख़बर थी, जब से यह ख़बर मिली थी बिन्दु, रामरती, अनसूया, कल्याणी की सभी सहेलियाँ बहुत उत्साहित थीं। सुबह सबेरे कल्याणी को लेकर गेहूँ बिनने के बहाने ऊपर छत की दुछत्ती में जमा हुईं सब। सामने झिर्रीदार मुँडेर से प्रवेश द्वार सीधे दिखायी पड़ता था। तय हुआ कि पाहुन जैसे ही गेट खड़कायेंगे, हम सब यहीं से देख लेंगे।

और ऐसा ही हुआ भी। लोहे के गेट के सामने रिक्शे से उतरे सूरजभान, अभी तजवीज़ रहे थे, ''किधर कहाँ आवाज़ लगायें'' कि सामने ऊपर छत की मुँडेर से ''खिल-खिल-खिल-खिल'' करती कई लड़कियाँ उठ खड़ी हुईं। सूरज को समझते देर न लगी कि उसमें से सुन्दरवाली लड़की ही कल्याणी होगी। कल्याणी ने वहीं से भरपूर देखा सूरजभान को और समझा कि मना करने का कोई कारण नहीं। सूरज को ही विवाह का पात्र समझ लिया सबने। वैसे ही आवभगत होने लगी तो सूरज ने सच बोलना ज़रूरी नहीं समझा। सोचा बात एक क़दम तो आगे बढ़ी। अब आगे की आगे सँभालेगा वह।

बात तय हो गयी और सारे मोहल्ले में बात उड़ चली कि कल्याणी का वर बहुत सुन्दर है। सूरजभान ने भी तैयारियाँ शुरू कर दीं- इतनी सुशील सुन्दर और कम-उम्र लड़की से शादी कराने के एवज़ में धन्धे का आधा हिस्सा लिखवा लिया सूरजभान ने अपने नाम। बृजभान इतने मगन कि किसी भी क़ागज़ पर दस्तख़त करने को तैयार, कुछ भी दे देने को तत्पर...। उन्हें पता ही नहीं चला कि किस-किस चीज़ पर दस्तख़त करा लिया था सूरजभान ने। वैसे भी साड़ी का सारा धन्धा सूरजभान ही सँभाल रहे थे। हिस्सा बाँट कर लिया था शादी के पहले और बृज के बूते का यह काम था भी नहीं। अलग होते ही घाटा शुरू हो गया था। पर शादी के उत्साह में कुछ भी सोचने की फुरसत नहीं थी बृजभान को। घर के बाहर चबूतरे पर बैठकर गप मारना, बड़ी-बड़ी डींगें हाँकना उनका पुराना शग़ल था। अब तो उनके पौ बारह थे। शादी की तैयारी कुछ ख़ास होनी नहीं थी— दस-बीस जनों को लेकर अलवर पहुँच जाना था। शादी में जो पैसा लगाना था वह सूरज ने पहले ही तिलक

में ले लिया था। एक जोड़ी शेरवानी और चूड़ीदार पैजामा बनवा दिया था। जनवासे में पहुँचने तक सूरजभान बृज को छिपाकर ही रखा ख़ुद अच्छे कपड़े पहने डोलते रहे। गोपाल पण्डित के दरवाज़े पर सुबह से ही नौबत बज रही थी। शाम को बारात की अगवानी के बाद बाहरवाले आँगन में पतुरिया का नाच भी रखा गया था। गुलाब केवड़े के छिड़काव और बेले-चमेली की माला से बरातियों का स्वागत किया गया। दूल्हे का स्वागत कर महफ़िल में बैठाया गया। सूरजभान पेट खराब होने का बहाना कर जनवासे में ही रुक गये थे।

जयमाल की रस्म तब होती नहीं थी। द्वार-पूजा के बाद पंगत बैठा दी गयी खाने की। सब-कुछ निपटते-निपटाते रात के एक-डेढ़ बजने को आ गये। लोग खा-पीकर अपने घर जाते रहे। पाणिग्रहण के लिए थोड़े-से क़रीबी लोग ही रह गये थे। मण्डप में पाणिग्रहण की रस्म होने के बाद कन्या की बुलाहट हुई– सप्तपदी के लिए। कन्यादान, लावा, परछन, सिन्दूरदान सब हो गया। अब दूल्हा-दूल्हन को कोहबर में लाया गया। कोहबर की रस्म के लिए दुल्हन की सहेलियों ने आग्रह किया "जीजा जी, क्या दुल्हन की तरह मुँह छिपाये बैठे हैं। अब तो सेहरा हटा दीजिये ना।" "छन्द नहीं सुनायेंगे? सुनाना ही पड़ेगा" बृज ने सहारे के लिए इधर-उधर देखा, पर सूरजभान आसपास नहीं थे। लड़कियों के पीछे पड़ने पर उन्हें सेहरा उठाना ही पड़ा। सेहरे का उठना था कि पानी की परात में कँगना खिलाती पण्डिताइन की भाभी चौंक पड़ी– "ये क्या जीजी? मैंने तो सुना था कल्याणी का वर बहुत सुन्दर है। ये तो किसी दुहाजू-सा लग रहा है।" पण्डिताइन ने देखा तो अवाक रह गयी। पछाड़ मारकर बेहोश हो गयी।

अचानक कोहबर से लेकर बाहरवाले हाते तक सन्नाटा खिंच गया। कोहबर में कल्याणी की शालू की गाँठ दूल्हे के दुपट्टे से खोलकर उसे अन्दर कमरे में भेज दिया गया। पण्डित गोपाल जी अन्दर बुलाये गये। पण्डितानी ने रो-रोकर बताया "धोखा हुआ है हमारे साथ। यह वह लड़का नहीं जिसे हमें दिखाया गया था। हमारी फूल-सी लड़की के लिए यह बिमरहा-दुहाजू लड़का नहीं चलेगा। वापस कर दो बारात। मैं नहीं मानती इस शादी को। कहाँ गया वह हरामी सूरजभान जिसने इतना बड़ा स्वाँग किया हमारी बेटी के संग।" पण्डितानी शर्म लिहाज सब भूलकर रोती-कलपती रही।

पण्डित जी ने गम्भीरता से नौशे से कहा, "फिलहाल तो आप प्रस्थान करो जनवासे और सूरजभान को भेजो। हमें सोचना पड़ेगा–हमें क्या करना है।" बृजभान हक्के-बक्के-से पगड़ी उतार हाथ में ले जनवासे की तरफ़ चले गये।

सुबह तक शादी का आँगन मातमवाले घर में बदल गया। पण्डितानी किसी भी तरह इस शादी को मानने को तैयार नहीं थी। बिरादरी के बड़े-बुज़ुर्गों को बुलाया गया– सबसे बात करके पण्डित गोपाल जी भीतर कमरे में आये। रो-रोकर आँख का काजल और नारंगी सिन्दूर चेहरे पर फैलाये कल्याणी आधी-अधूरी दुल्हन-सी सामने बैठी थी– पण्डित जी का कलेजा मुँह को आ गया। जी में आया, उसका सिन्दूर गीले कपड़े से पुँछवाकर बारात वापस भेज दें। पर यह हो नहीं सकता। आँसू भर-भर रोये फिर सँभले, "कितने जतन से पाला। कितने सँभल-सँभलकर वर खोजा अपनी इस बेटी के लिए। पर इसके भाग्य में तो कुछ और ही लिखा है। भाग्य के आगे तो हर कोई हारा है– अब जो लिखा है उसके भाग्य में, वह तो झेलना ही होगा।" समझाना मुश्किल था पण्डितानी को पर समझाया, "शादी के फेरे तो उलटे नहीं जा सकते। माँग में पड़ा सिन्दूर भी पोंछा नहीं जा सकता पण्डितानी। अब धीरज धरो।"

रोते-कलपते निरीह पिता ने कल्याणी के आगे हाथ जोड़ दिये तो कल्याणी जैसे उसी पल सयानी हो गयी। जीवन के धागों ने उसे कैसा उलझाया, ये समझ ही न सकी कल्याणी। जिस इन्सान के साथ जीवन के अन्तरंगतम पलों की कल्पना में ऊब-डूब रही थी पिछले कई महीनों से, आज इस समय उसके प्रति सिर्फ़ नफ़रत से भरी हुई थी। सामने पड़ता तो न जाने क्या करती उसके साथ। पर कुछ न हुआ और ऐसे कल्याणी अपनी उम्र से बीस बरस बड़े, निठल्ले बृजभान के साथ रोती-कलपती बनारस अपने घर पहुँच गयी।

नयी शुरुआत जिन्दगी की

एक टूटे-फूटे पुराने-से घर में सूरजभान की पत्नी ने ही सारी रस्में निपटवायीं। कमरे में आयी तो मनोरमा ने इशारा किया– "भाभी जी आपके देवर आपको 'पा लागी' कह रहे हैं।" घृणा से कल्याणी ने मुँह दूसरी तरफ़ फेर लिया। जिस चेहरे के सपने देखते उसने पिछले कई महीने बिताये थे उस चेहरे की तरफ़ देखने का उसका मन नहीं हुआ। डरे-सहमे अपने पति पर बल्कि उसे ममता हो आयी। पन्द्रह और पैंतीस का फ़ासला बराबर कर वह उससे पाँच-एक साल आगे निकल गयी। जिस घर में आयी थी वहाँ कोई और नहीं था जो उसे कुछ बताता। शादी के बाद

की पहली रात खिन्न-मन ज़मीन पर बिछे बिस्तर पर कोने में सहमी-सिकुड़ी बैठी ऊँघ-सी रही थी वह। अचानक से बृजभान आये और एक झोंके में जीवन के इस नये अनुभव से पहला परिचय हुआ। निवृत्त हो बगल में बिछी खाट में निश्चिन्त सो गये थे वह, उससे यह कहकर, "सो जाओ कल से घर-गृहस्थी तुम्हें ही सँभालनी है। मैं आठ बजे चला जाऊँगा दुकान।" वह ज़मीन के उस बिस्तर पर वैसे ही सोने की कोशिश करती रही सोचते हुए—अपनी सहेलियों से कभी इस अनुभव की बात ही नहीं हुई। दरअसल ज़्यादातर की शादी नहीं हुई थी, जिनकी हुई थी उनका गौना नहीं हुआ था। कल्याणी ने मान लिया था ऐसा ही होता होगा, सभी के साथ।

अगले ही दिन उसने कमर कस ली अपना घर और पति सहेजने सँभालने को। समझ लिया था उसने अकेले ही सँभालना है सब उसे। 'उफ़' भी नहीं करना है क्योंकि उसकी 'उफ़' की ताब उसके माँ-बाप के पास पहुँची तो उनका दुःख दूना हो जायेगा। माँ तो उस सदमे से उबर ही नहीं सकेगी। अब यही संसार है उसका।

बृजभान जीवन में एक स्त्री के आने से अति प्रसन्न थे। नयी दुल्हन के चाव में कुछ दिन तो ठीक-ठाक चले पर फिर अकर्मण्यता के अपने पुराने ढर्रे पर वापस आ गये। धन्धा किसी खचाड़ा गाड़ी की तरह चल रहा था। उसमें उनका दीदा रत्ती भर न लगता, हाँ शरीर का सुख उन्हें नशे की तरह लगता था। उसमें किसी भी तरह कमी न होने देते। मर्दानगी बखानने को एक नया मुद्दा मिल गया था उन्हें। होते-होते चार साल में कल्याणी के एक गर्भपात और दो प्रसव हो गये। बेटी हुई तो तुरन्त धन्धे में हाथ बँटानेवाले बेटे की रट लग गयी। रत्ना के बाद एक गर्भ ख़राब हुआ। फिर पेट से रह गयी कल्याणी। इस बार बसन्त हुआ तब जाकर यह सिलसिला रुका। रसहीन ज़िन्दगी के तलहट पर कल्याणी रत्ना और बसन्त में जीवन का राग ढूँढ़ने लगी। बृजभान की बीमारी जिसकी ख़बर भी कल्याणी को नहीं दी गयी थी, अब अपना असर दिखाने लगी थी। एक बार और सूरजभान पर लानत मलामत भेजकर कल्याणी ने फिर कमर कस ली अपने प्रारब्ध से दो-दो हाथ करने को।

कहानी का दूसरा छोर

बनारस की सँकरी गलियों में खोनचे पर लगी छोटी-छोटी, गोल-गोल आलू से भरी, खस्ते की टिकिया, चने की घुघरी, मूली के लच्छे और हरी चटनी के साथ बिकती है। गर्म-गर्म ऐसी कि मुँह में रखो तो मुँह जल जाये। कितने बरस-महीने

बीते उसे खाने का ख़्याल न बसन्त को आया, न घर पर ही किसी को। माँ और जिया तो दिन रात तरह-तरह के अचार-पापड़ बनाती रह जाती हैं। आज बसन्त को पैसा मिला तो उसका मन उमग आया। आज तबीयत से जिया और अम्माँ को खस्ता कचौड़ियाँ खिलाऊँगा। अम्माँ के हाथ में पैसा देकर कहूँगा, "अम्माँ जिया को इम्तहान देने के लिए फार्म जमा करवा दो साल बेकार नहीं जायेगा।" घर चलाने के चलते जिया का कॉलेज जाना तो छूट ही गया। प्राइवेट परीक्षा देने चली तो फ़ीस के पैसे कम पड़ गये। पढ़ने में कितना जी लगता है जिया का, पर बेचारी ने तसल्ली कर ली। "प्राइवेट ही तो देना है अगले साल दे लेंगे। तब तक बाबू जी की तबीयत भी सँभल जाये शायद। कुछ पैसे दवाई के भी कम होंगे फिर।"

तीर की तरह दौड़ता सीधा घर की तरफ़ भागा बसन्त। ज़मीन पर बिछी पुरानी चद्दर और धोतियों पर पापड़ फैलाती अम्माँ के सामने दोना रख दिया, "लो अम्माँ, आज गरम-गरम कचौड़ी खाओ। हाथ धोकर आता हूँ। मेरे लिये भी लगाओं।" हाथ धोकर आने तक अम्माँ और जिया पहेली बूझने में लगी रहीं। "यह सब आया कहाँ से।" याद आया बसन्त को, पैण्ट की जेब में रखे दस-दस के दस नोट। निकालकर अम्माँ के हाथ में धर दिया "अम्माँ ये लो। जिया की फ़ीस जमा करवाओ फटाफट।" कटी पतंग जैसी उसकी उमंग दोनों औरतों की पकड़ में नहीं आ रही थी। अम्माँ ने हाथ पकड़ बैठाया। "पतंग की तरह उड़े मत। ये सब कहाँ से आया छोरे।"

"यह क्या अम्माँ। मेहनत से कमाकर लाया हूँ।"

"कौन-सा काम करने लगा। और अभी तक सनक भी नहीं लगने दी। मेहनत तो जुआ खेलने में भी लगती है।" जीवन में जितना दुःख झेला है अम्माँ ने, विश्वास करना ही भूल गयी है।

"अम्माँ तुम तो इतना शक करती हो कि बस। सुन्दरकाण्ड का पाठ और सत्यनारायण की कथा बाँचनेवाला पण्डित क्या चोरी-चकारी कर सके?" बसन्त ने बात टालने की कोशिश की। पर जिया कुछ कम दादी-अम्माँ है। "तुम्हारे ख़ानदान के एक पण्डित ने ही बिलटाया है सारा राजपाठ बाबू जी का। तुम्हें पता नहीं क्या?" इस प्रकरण की चर्चा अक्सर ही सुनता आया है बसन्त। अभी तक ध्यान देने लायक़ उम्र नहीं हुई उसकी। लड़कियाँ थोड़ा जल्दी समझने लगती हैं सब।

अम्माँ अब तक हाथ धो आयी थी। आँचल से पोंछते-पोंछते एक टहोका लगा ही तो दिया बसन्त के कन्धे पर "ओ बसन्त। ज़रा सच-सच बता, कहाँ काम कर रहा है और क्या?"

सुरजू लाला ने मना किया था बताने को, सो टालने की कोशिश की। "विश्वास भी करो अम्माँ, तुम्हारा बेटा कोई ग़लत काम नहीं करेगा। तीन महीने की तनख़ाह एक साथ मिली है—लो रखो। और आज बाबू जी को कचौड़ी गली की लस्सी भी पिलवा देना।"

"मुझे तेरा भरोसा नहीं। छिछोरे ख़ानदान का है तू। बाप हवाई किले तैयार करता ज़मीन पर आ गिरा। बाक़ी ख़ानदान की तो पूछो ही मत।"

"अम्माँ, मुँह में पानी आ रहा है— जल्दी से दो ना। कितने दिन हो गये विसनाथ गली की खस्ता कचौड़ी खाये।

अम्माँ को विश्वास तो नहीं हुआ पर बेटे की तरसती ज़बान के आगे उन्होंने फ़िलहाल जासूसी स्थगित कर दी। पर कितने दिन...!!

तीसरे ही दिन जब फिर ऐसे ही खोंगा बँधवाकर लाया तब तक अम्माँ को उनकी घुमन्तू पड़ोसन ने बता दिया था कि बसन्त सुरजू लाला की आढ़त पर काम कर रहा है। खोंगा लेकर बसन्त आँगन पार चौके में गया कि खोंगा अम्माँ को पकड़ा दे, अम्माँ के तो जैसे बिच्छू ने डंक मार दिया। दन्न से पैकेट दरवाज़े पर फेंका और चिमटा लेकर खड़ी हो गयी, "नासपीटे, हरामजादे। तुझे नाक रगड़ने को वही चौखट मिली थी। और कोई नहीं बचा था पूरे शहर में, जिसके यहाँ बेइज़्ज़त होकर काम माँग लेता। निकल बाहर, निकल जा इस घर से।"

अम्माँ का रौद्र रूप देख बसन्त ने चौके से अपना पैर बाहर खींच लिया पर दरवाज़े का कोना पकड़े-पकड़े बोला— "अम्माँ क्या हुआ। हुआ क्या? मैं नहीं गया था उनकी देहरी पर नाक रगड़ने। उन्ने ही बुलाकर गद्‌दी पर बिठाया मुझे। सो भी इतने इज़्ज़त से।"

"हाँ उसी गद्‌दी पर जो उसने हड़प ली थी तेरे बाप से। आज बड़ा एहसान किया उसने जो तुझे वहीं वापस बुलाकर चाकर रख लिया।"

बसन्त हक्का-बक्का। रुलाई और गुस्से के बीच हँफरती अपनी अम्माँ को कहाँ से सहेजे समझ नहीं पा रहा था– निरीह बनकर भूखे होने का अभिनय करने लगा जिस पर हमेशा अम्माँ पिघल जाती थी। "अम्माँ वह लगाकर दो ना, बड़ी ज़ोर से भूख लगी है। पेट जलकर कण्डा हो गया है।

"नाश्ता लगाकर दूँ!!... यह ले, यह। यह रही तेरी कचौड़ी और यह रही तेरी जलेबी।" उठाकर अम्माँ ने खोंगे फेंके दरवाज़े की तरफ़ तो जैसे कोई तके हुए था– दरवाज़ा खुला और जलेबी, कचौड़ी, चना, मूली, चटनी सब किसी के पैरों पर बिखरे हुए थे।

आँसू और आग भरी आँखें उठायीं तो जो चेहरा नज़र आया उसने समय को वहीं रोक दिया। वहीं देहरी पर जैसे समय पीछे जा रहा था–पीछे जाती सिनेमा की रील की तरह। गुरु गम्भीर स्वर पहले कभी सुना नहीं जो, "मैं जानता था तुम्हारा गुस्सा, इसीलिए मैं बसन्त के पीछे-पीछे आया। गुस्सा मुझ पर है। बेचारे इस बच्चे ने क्या कुसूर किया है जो उसे डाँट रही हो। उसे काम की ज़रूरत थी, मुझे काम बँटानेवाले हाथ की। हाथ अपना हो तो क्या बुरा है।" सुरजू लाला ने बचाव के लिए तर्क जुटाये।

"इतने दिनों बाद याद आया कि कोई अपना भी है। तब नहीं आया जब किसी की ज़िन्दगी में आग लगाया था। जब अपने भाई को भिखमंगा बना के छोड़ा था।" कल्याणी ने पीछे से पल्ला सिर पर खींचते हुए तीर-सा जवाब फेंका।

"देर से ही सही अगर कोई पछताये और गुनाह का प्रायश्चित्त करना चाहे तो उसे मौक़ा नहीं मिलना चाहिए क्या।" सुरजू बाबू एक क़दम आगे बढ़ा आँगन में आ गये। पीछे हाथ कर गली में खुलते दरवाज़े को बन्द कर दिया। जैसे अतीत पर दरवाज़े बन्द कर रहे हों।

कल्याणी के सामने सूरजभान वैसे ही खड़े थे जैसे पन्द्रह साल पहले वे गोपाल महाराज के पुराने बैठका में उसके सामने खड़े थे।

ठहरे हुए अतीत से वापसी

शादी के बाद से आज तक कल्याणी ने सूरजभान की सूरत न देखी थी जैसे कि अपनी दुनिया से उन्हें बेदख़ल कर दिया था उसने। जब याद किया मन में क्रोध

ही उफनता पाया। आज वह सारा गुस्सा कल्याणी ने सूरजभान पर उतार दिया। गुस्सा जब उतार पर आया तब तक उसकी साँस फूल चुकी थी। हाँफते हुए वहीं देहरी पर ढेर हो गयी। मन का सारा गुबार रूलाई में बह निकला। अन्दर कमरे से बृजभान भी आकर खड़े हो गये थे—इतने दिनों बाद सूरजभान ने अपने भाई को देखा। पहले से बहुत कमजोर। गाल पिचके, बाल सिर से गायब होते हुए सामने के दो दाँत गायब। कोई जोड़ नहीं था उसका कल्याणी के साथ। तीर की तरह एहसास कौंधा मन में 'हाँ, ज़्यादती तो बहुत हुई कल्याणी के संग।'' अकड़ते हुए बृज ने कहने की कोशिश की ''क्यों टाँग अड़ाते हो हमारी ज़िन्दगी में? जाओ। चले जाओ यहाँ से। सब-कुछ तीन तेरह करके आये हो बड़े हितू बनने।''

''तुम्हारे लिये नहीं, इस लड़की की ख़ातिर। इन बच्चों की ख़ातिर आया हूँ, तुम्हारे दरवाज़े पर'' इतने सालों से जीवन की चक्की में मशीन के पुर्ज़े की तरह लगी कल्याणी ने अपने लिये ''लड़की'' शब्द का इस्तेमाल सुना तो मन के भीतर कुछ तरल-सा हुआ। पर बाहर अकड़ क़ायम रही। ''हमारे लिये कुछ भी करने की ज़रूरत ना है। हमारे पति का धन्धा, मकान हड़प लिया— अब क्या बाक़ी है जो लेने आये हो।'' पता नहीं चला कब कल्याणी ने सूरजभान को हमउम्र का दर्जा दे दिया। ''जाओ यहाँ से। चले जाओ और फिर कभी न आना हमारी ज़िन्दगी में।''

''नहीं आऊँगा, पर हाथ जोड़ के विनती करता हूँ बसन्त को मत रोकना। कहीं तो काम करेगा। हमारे यहाँ ही सही।''

''क्यों! बनारस के और व्यापारी मर गये हैं क्या? आदमी जहाँ मेहनत करेगा वहाँ उसे चार पैसा मिल ही जायेगा। आज अपनी गरज आ पड़ी है तो चले आये। इतने बरसों नहीं आये पूछने।''

आँगन में फैले हुए पापड़ बता रहे थे मेहनत का कारोबार घर तक फैला हुआ है। माँ के साथ-साथ बेटी भी जुटी रहती है। माँ के गुस्से का अन्त होते न देख रत्ना ने कहा— ''माँ की तबीयत ख़राब करके ही मानेंगे क्या? आपसे हाथ जोड़कर विनती है चले जाइये।'' अब तक चुप खड़ी रत्ना पर एक निगाह डाल नीचे बैठी कल्याणी को भरपूर देखा फिर अपना छाता उठाते हुए कहा, ''जा रहा हूँ पण्डितानी। पर एक बार ठण्डे दिमाग़ से सोचकर ही फ़ैसला करना। मानता हूँ जो हुआ बहुत बुरा हुआ। पर इसकी भरपाई जीवन में हो गयी है। मेरा घर, घर नहीं रहा। व्यवसाय देखनेवाला

कोई नहीं रहा। अब मन पछतावे से भरा है। किसी और का नहीं बस तुम्हारा गुनहगार हूँ। कुछ ग़लत है क्या अगर मैं कुछ भूल सुधार कर लूँ।" आवाज़ भर आयी सूरजभान की आँख भर आयी। आँखों में पश्चात्ताप के आँसू नकली भी हो सकते हैं क्या? सोचती बैठी रह गयी कल्याणी वहीं देहरी पर। उसे हाथ पकड़कर उठाया रत्ना ने तो जैसे कल्याणी वापस लौटी वर्तमान में।

धीरे-धीरे धुलती मैल

सूरजभान चले गये, पर घर में जैसे एक कोहराम उठा गये। बसन्त तो सहम गया था पर मोर्चा सँभाल लिया बृजभान और रत्ना ने। उन्हें कोई आपत्ति नहीं दिखती थी बसन्त के उनके यहाँ काम करने में, "कैसे आदमी हो जी तुम? इतना नुक़सान किया उस इन्सान ने तुम्हारा, पर तुम्हें उसमें कोई बुराई नहीं नज़र आती। वाह रे भरत भाई! पर मैं तुम्हारे इस भाई को ज़िन्दगी में कभी माफ़ नहीं कर सकती।"

दरअसल इस एक मुद्दे पर पति-पत्नी के एहसास की ज़मीनें एकदम फ़र्क़ थीं। कल्याणी की सारी पीड़ा एक बेमेल इन्सान से बाँध दिये जाने की थी तो बृजभान के मन में उसका घर कल्याणी जैसी लड़की से बसा देने के एहसान से भरा था। कल्याणी के एतराज़ में उनके कुपात्र होने की जो छिपी हुई प्रतीति थी उसके चलते उन्होंने चुप रह जाना ही बेहतर समझा। एक बोलती हुई चुप्पी के बीच सबने खाना खाया और अपने-अपने बिस्तर पर जा पड़े। कल्याणी पति के तख़्त के नीचे बिछे बिस्तर पर बच्चों के साथ पड़ गयी। आँखों के सामने सूरज का छत के झरोखे से देखा चेहरा याद आता रहा। इतने वर्षों की प्रौढ़ता ने जैसे सूरज को और सुदर्शन बना दिया था। पहलवानी शरीर हमेशा की तरह गठा हुआ था आज भी...।

तख़्त पर से लेटे-लेटे ही रोज़ की तरह बृजभान का हाथ कल्याणी के शरीर को टटोलने लगा। इस ख़ुराक के बिना बृजभान को नींद नहीं आती। कल्याणी हमेशा निष्क्रिय-सी उसके आगे पड़ जाती थी, पर आज कल्याणी का मन बड़ा बेचैन था। यह बेचैनी उसके समझ के बाहर थी। उसने झटके से पति का मचलता हाथ झटक दिया। "चैन से रहने दिया करो कभी।" अपनी तकिया उठा, कल्याणी बच्चों की परली तरफ़ सोने चली गयी।

"किसी और का नहीं, बस तुम्हारा गुनहगार हूँ" सूरजभान की कही इस बात में कल्याणी के प्रति उसकी छिपी मुलायमियत थी जिसे कल्याणी बार-बार जी लेना

चाहती थी। शादी के बाद से बराबर उससे नफ़रत करती रही थी। पूरी ईमानदारी से पति का होकर रही थी कल्याणी। भूले से भी कभी उसकी दुनिया में झाँकने की कोशिश न की कल्याणी ने। पर नाते-रिश्तेदारी में जब कभी उसके बारे में अगल-बग़ल कुछ सुनायी पड़ा तो कान उधर दिये ज़रूर। सूरजभान की शादी पहले ही हो गयी थी। पता चला ठेठ मारवाड़िन थी उसकी बीबी। दो बेटियों के बाद एक बेटा हुआ। पर आठ साल का होते-होते हैजे से गुज़र गया। उसके सदमे में पत्नी बीमार पड़ी। और कुछ महीनों में ही वह भी गुज़र गयी। भरा-पूरा घर आँगन-जैसे ख़ाली हो गया। इतना फैला हुआ व्यापार, सुख-सुविधा सब-कुछ पर, देखने-सहेजनेवाला कोई नहीं। दोनों बेटियों के ब्याह बाहर हुए थे— एक कलकत्ते में, तो एक इलाहाबाद में। इलाहाबादवाली बेटी ने, सुना यहीं आकर घर-गृहस्थी जमा ली है। दामाद व्यवसाय में हाथ बँटाने लगा। कलकत्तेवाला दामाद वहीं से इनका ही व्यापार चलाता है। दरअसल सूरजभान के तन-मन-धन तीनों को ही देखनेवाला कोई नहीं रहा। करवट बदलते सोचती रही कल्याणी सच कहा गया है, "ऊपरवाले की लाठी में आवाज़ नहीं होती।"

एक अनजाना-सा सन्तोष भी हुआ उसे। करवट बदलकर लम्बी साँस ली उसने फिर। "वैसे इतना ग़लत भी क्या किया बेचारे ने। अपना व्यापार खो देने में कुछ दोष बृजभान के निठल्लेपन का भी है। उनके पिता ने कामकाज यूँ ही सूरजभान को नहीं सौंप दिया होगा। जीवन में कुछ न करके, शेखचिल्ली की तरह ऊँचे-ऊँचे ख़्वाब देखने और अकर्मण्यता से घिरे लोगों के भाग्य ऐसे ही सो जाते हैं जैसे बृजभान के सोये। और अपने सपनों के लिए बड़े-से-बड़ा जुआ खेलने की हिम्मत और हौसला रखनेवाले एक-दूसरे ही तरह के लोग होते हैं जो ज़्यादातर सफल ही होते हैं सूरजभान की तरह। अपनी सूझ-बूझ और मेहनत से सूरजभान ने धीरे-धीरे ही सब-कुछ बृजभान से जीता होगा। पुराना घर, फिर दुकान, फिर काम। कोई साफ़-साफ़ बता भी नहीं सकता कि सूरज ने क्या बेईमानी की अपने ममेरे भाई के साथ। आज भी बृजभान क्या काम करते हैं। बीमारी का तो बहाना भर है वरना व्यापार तो बुद्धि से होता है। जो छोटी दुकान बची थी वह भी बन्द ही पड़ी रहती है। बेचारा बसन्त ही देखता है कभी-कभार। वरना तो वह भी चली ही जाती।

दीवाली इस बरस

बसन्त की छोटी-सी दुकान इस दीवाली रंग रोग़न हो गयी। कायाकल्प ही हो गया उसका। नये गणेश-लक्ष्मी रखाकर धनतेरस के दिन उसमें पूजा का सामान

भरवा दिया गया। बहुत उत्साहित था बसन्त– "अम्माँ शाम को आना ज़रूर, पहला दिया तुम्हें ही जलाना है।"

"क्यों रे, बाबू जी को नहीं कह रहा है?" कल्याणी बेटे का उत्साह देख खुश थी, पर उसका पिता को किनारे कर देना खटक गया।

"वे दुकान पर बैठेंगे तो वहाँ काम कम होगा, महफ़िल ज़्यादा सजेगी। अम्माँ उन्हें घर से ही काम करने दो। आख़िर को थोक का सामान यहीं घर पर ही तो रखायेगा।"

"अच्छा रहने दे। हम नहीं आयेंगे उनके बिना।" खाना खाते बसन्त का मुँह बन गया। कैसे होगा अब? दुकान पर नारियल फोड़ने को तो चाचा जी को कह आया है। आख़िर को तो सारा सामान उन्होंने ही धराया है दुकान पर। ये अम्माँ भी ना। झाम फँसाने में बड़ी उस्ताद है। कुछ-न-कुछ सूँघ रही होगी ज़रूर। पर अब ज़्यादा पूछताछ नहीं करती। न जाने क्या बात है।

सूरजभान ख़ूब समझते हैं कल्याणी को। दिन में ही आकर पूजा करा गये दुकान की। शाम को माँ, बाबू जी और रत्ना आये– आँख भर आयी अम्माँ की "क्यों रे बसन्त! बड़ा हो गया तू। कैसी अच्छी दुकान लगा ली। भगवान् करे, तेरा काम चल निकले। दिन बहुरे हमारे भी।" आँचल के कोने से आँसू पोंछते इस पूरे फैलाव के पीछे छिपे हाथ को अनदेखा नहीं कर सकी। "इतनी बड़ी दुनिया में अकेले इस बच्चे को किसी का तो सहारा चाहिए। अपने-आप अकेले इतने वर्षों जूझती रही ज़िन्दगी से। अपने हिसाब-किताब बेटे की झोली में क्यों डालूँ। कुछ ग़लत है क्या अनजान बने रहने में? भगवान् जाने ! पर है, तो हुआ करे। भगवान से भी तो ग़लत हुआ है बहुत बार! उन्होंने माफ़ी किससे माँगी। मैं तो फिर भी माँग लेती हूँ। "भगवान् मुझे माफ़ करना। बच्चे पर कृपादृष्टि करना बाबा विश्वनाथ।"

बसेसरगंज की गुलाब कोठी

'करवट काशी' की तंग गलियों से निकल कल्याणी सपरिवार बसेसरगंज की एक पुरानी कोठी में पहुँच गयी थी। नाम था "गुलाब कोठी" पर न तो वहाँ गुलाब था, ना ही वह कोठी रह गयी थी।

बसन्त बुद्धि का तेज़ था। प्राइवेट ही पढ़ाई भी करता रहा और दुकान भी देखता रहा। चोरी-छिपे सूरजभान की आढ़त पर भी जाता रहा। घर की स्थिति थोड़ी बेहतर होने लगी। पुश्तैनी धन्धा था बृजभान के ख़ानदान का। बृजभान के पिता का नाम शहर के व्यापारियों में अभी भी चलता था। लोग भी लिहाज़ करते थे, सो उसे काम भी मिलने लगा था। अम्माँ और रत्ना का पापड़ बनाने का सिलसिला अब रुक गया था। रत्ना का एडमिशन भी आर्य कन्या महाविद्यालय में करा दिया था। नीला कुर्ता शलवार पहन और उस पर सफ़ेद दुपट्टा डाल, बालों की दो लम्बी चोटियों को मोड़कर रिबन दोनों तरफ़ बाँधकर कॉलेज जाती रत्ना तो कल्याणी को अच्छा लगता। वह नहीं जा पायी थी स्कूल कॉलेज कभी। लगता है अब जा रही है।

बसेसरगंज की तंग गलियों से काफ़ी सारी लड़कियाँ जाने लगी थीं पढ़ने। गली के दोनों तरफ़ बने तंग अँधेरे घरों में पंचायत बहुत होती इस बात की, "क्या पढ़ा-लिखाकर कमाई खानी है बेटियों की? आख़िर को तो चूल्हा-चौका करना ही ठहरा।" "गुलाब कोठी" कभी कोठी रही होगी पर आज बम्बई के एक चाल जैसी थी। गलियाँ वैसी ही थीं पर थोड़ी खुली-खुली थीं। एक पुरानी कोठी में रहते कई परिवार। एक बड़े आँगन के चारों तरफ़ बरामदे और बरामदे से लगे कमरों में रहनेवाले किरायेदारों के बीच ज़िन्दगी न चाहते हुए भी, साझे की हो जाती थी। बरामदे में और आँगन के बीचोबीच लगे चाँपाकल (हैण्ड पम्प) से पानी भरकर लाते समय या वहाँ बर्तन माँजते समय बातचीत अक्सर ही कहा-सुनी और झगड़े में समाप्त होती। रत्ना बड़ी हो रही थी। कल्याणी नहीं चाहती थी कि वह इन सब पचड़ों में पड़े। उसका जी करता ऐसे साझे घर से अलग एक अपना घर हो। चाहे एक कोठरी ही हो, पर जीवन इतना सार्वजनिक न हो। उसे बार-बार याद आने लगता अपना तीन आँगनवाला बड़ा-सा घर। वह अब भी है। उसका भाई बड़ा हो गया है। एक बार फिर देखने को जी हुड़कता पर जाने का मन हाथ से ठेलकर परे हटा देती है हरदम। वहाँ जाने से इधर के जीवन की विषमता और कठिन लगने लगती उसे। जहाँ हैं, वहीं की स्थितियाँ सुधारने की कोशिश करे, यही बेहतर होगा।

बृजभान का मन तो घर से लेकर गली तक बतकही करने में ख़ूब लग जाता था, पर परिवार के बाक़ी सदस्यों की अपनी-अपनी परेशानी थी। कल्याणी की समस्या अपनी जगह। बसन्त की दुकान विश्वनाथ गली में थी, वहाँ से आने-जाने में काफी समय निकल जाता था। घर से सामान ले जाने में दिक़्क़त आती थी। इसका हल निकाला था सुरजू लाला ने। एक ज़रूरतमन्द लड़का रख दिया था जो माल लाने,

ले जाने का काम करने लगा था। दुकान जिस जगह पर थी वहाँ दुकानों के ऊपर एक बड़ी पुरानी धर्मशाला थी। प्राचीन स्टाइल की बनी धर्मशाला कोई पुरानी हवेली रही होगी। उसके प्रवेश-द्वार से ऊपर आँगन तक पहुँचने के लिए जो सीढ़ियाँ थीं, उनमें बीच-बीच में दोनों तरफ़ अँधेरी कोठरियाँ खुलती थीं। शायद दरबानों चौकीदारों के लिए बनी होंगी। उनमें से एक कोठरी किराये पर ले दी थी। अब अपने माल का गोदाम उसी को बना लिया था बसन्त ने।

पर रत्ना की समस्या का हल निकाल पाना किसी के बस की बात नहीं थी। थोड़ा बहुत स्थितियों के बेहतर होने से मिलने लगी अच्छी ख़ुराक और किशोर से युवा होती उम्र के चलते रत्ना का शरीर गदराने लगा था। रंग तो साफ़ था ही, अब उसमें गुलाबीपन भी आ जुड़ा था। राह चलते लोगों की निगाह खिंचती थी उसकी ओर। बसेसरगंज से चलकर टाउन हाल की तरफ़ से होते हुए बुलानाला तक जाते हुए उसे बनारस की उस.ख़ास तरह की गलियों से गुज़रना पड़ता था जहाँ ''राँड़-साँड़, सीढ़ी, संन्यासी'' तो होते ही, व्यापारियों के जवान होते मचलते लड़के और दोनों तरफ़ दुकानों में खड़े अधेड़ ग्राहकों की भीड़ भी होती। बदन को बचाते हुए निकलना यूँ भी मुश्किल होता था। तिस पर से कोहनीबाजी दिनभर यहाँ से गुज़रती कम उम्र और अधेड़ सारी औरतों को एक खास हरकत से गुज़रना पड़ता जिसे रत्ना ने 'कोहनीबाज़ी' का नाम दे रखा था। किसी भी उम्र का, किसी भी वर्ग का मर्द सामने से आती हुए भीड़ का हिस्सा बना सीधा-सा चलता होता। जैसे ही उल्टी दिशा में आ रही लड़की या औरत के बग़ल से गुज़रता झट से अपनी कोहनी उठा देता, कोहनी की नोक कच्चे-पक्के वक्ष को एक झटके से छू जाती। आगे चलते हुए फिर वहीं निर्विकार मुद्रा जैसे, कुछ हुआ ही न हो। चलते-चलते जैसे ही कोई दूसरी जनानी दिखी फिर वही हरकत। घर पर बताया था रत्ना ने। बृजभान को तो इस बात से कोई फ़र्क़ ही नहीं पड़ा। ''इतने बरसों से काशी की उन्हीं गलियों से होकर नित्य प्रति इतनी जनानियाँ जाती रही हैं गंगा नहाने, राजघाट से लेकर रामनगर तक। आज एक तू ही बड़ी अनोखी जवान हुई है जो मर्द तुझे कोहनी मारने लगे।'' बाप की जगह लेने की कोशिश करते बसन्त को बात लग गयी। पहली बार अपने बाप को घुड़का उसने। फिर बात का ज़िक्र तो नहीं किया, पर बेहतर जगह मकान लेने का ज़िक्र अपने चाचा से कर दिया आढ़त पर बैठते वक़्त।

विश्वनाथ मन्दिर से मणिकर्णिका के बीच

चौक के पास कचौड़ी गली में एक बड़े-से हाते के अन्दर बने इस हिस्से को तय कर लिया सूरजभान ने। मलमास बीता, अच्छे दिन शुरू हुए कि उस मकान से इस मकान आ गये बृजभान सपरिवार। अब गली-गली न जाकर, गली से सीधे सड़क पर निकल सड़क के रास्ते जाना होता कॉलेज रत्ना को। बनारस के ज़्यादातर मकानों की तरह यह भी तिमंज़िला मकान था। नीचे एक आँगन, आँगन के दायें या बायें से ऊपर को दूसरे तल्ले, फिर तीसरे को, फिर छत को जाती हुई अँधेरी सँकरी सीढ़ियाँ। आँगन के ऊपर बीचोबीच लोहे की छड़वाली जाली, हर मंज़िल पर। चारों तरफ़ चलने को पतली-पतली गलियों-सी जगहें। अन्दर कमरों से बाहर को खुलती हुई खिड़कियाँ एक तरफ़ चौका, एक तरफ़ शौचालय। नीचे आँगन में अक्सर एक कोने में कुँआ, एक चापाकल। इस बार बसन्त ने नीचे का तल्ला ही लिया था। पर सोने के लिए ऊपर छत पर ही जाना पड़ता था। छत प्रायः सभी घरों की बड़ी हुआ करती थी जहाँ से काशी विश्वनाथ मन्दिर का ध्वज-कलश दिनभर दिखायी पड़ता था। उन छतों पर ही पतली-पतली नालियाँ होतीं। उनको जरा-सी घेरकर आड़ बनी हुईं, रात में पेशाब करने बच्चे-मर्द वहीं बैठ लेते। पर औरतों को नीचे जाना पड़ता।

शुरू-शुरू में तो सभी को अच्छा लगा। बसन्त की दुकान से घर बिल्कुल क़रीब हो गया था। दिन में कई-कई बार चला आता। किरपा को भी अब दूर नहीं जाना पड़ता। बल्कि जब बसन्त दुकान पर नहीं होता तो उसकी जगह वह दुकान सँभाल लेता, दुकान मालिक ही बन जाता। दिन-भर बड़ी चहल-पहल रहती गली में। नीचे दुकानें थीं अचार-मुरब्बे की, मिठाई की, पूजा के सामान की, पत्थर की मूर्तियों की, गिफ्ट आइटमों की, कचौड़ियों की। ढेरों आवाज़े थीं। मन्दिरों के घण्ट घड़ियालों की, कुंजगली को जानेवाली साड़ी के कारिन्दों की, चबूतरे पर बैठ दिन-भर राजनीति की जुगाली करते लोगों की। इन आवाज़ों और गन्धों के साथ-साथ बीच-बीच में 'राम नाम सत्य है', 'हरि बोल' या 'बोल बम' की आवाज़ें भी आती रहती। पास के मणिकर्णिका घाट को जोड़ती इन गलियों से दिन तो दिन, रात में भी "बनारस में जलकर मोक्ष की राह को पक्का कर लेनेवालों" की आवाजाही लगी रहती। मणिकर्णिका घाट को रत्ना ने कभी नहीं देखा पर सुना ज़रूर था कि इस श्मशान घाट की आग बरसों से अनवरत जल रही है। कभी बुझी ही नहीं और यहाँ पर अन्तिम संस्कार का सौभाग्य पानेवाले को सीधा मोक्ष प्राप्त होता है। इस घर में आने के बाद उसने महसूस किया कि मौत की भी अपनी एक गन्ध होती है। धूप,

अगरबत्ती, कपूर, बेला और गुलाब की मिली-जुली। अलावा इसके रातों में जब छत पर सोती तो नाक में एक और गन्ध घुसती-माँस के चिरायँध की। हवा के साथ मणिकर्णिका घाट पर शवों को जलाने की शुरुआत में उठती माँस की चिरायँध घर तक आ जाती और रत्ना उठ बैठती। सामने आसमान में उड़ते ''चिटचिट'' करते धुएँ में उसे आग की चिटचिटाती चिन्गारी नज़र आती तो उसमें जलनेवाले की आत्मा दिखने लगती। वह घबराकर नीचे चली आती। रातों को सो न पाने के कारण उसकी आँखें लाल बनी रहतीं। आँखों के नीचे काले घेरे दिखने लगते।

अब भगवान् के सामने जलती अगरबत्ती की महक से उसे शव की बास आती लगती। मांस की चिरायँध चौबीसों घण्टे जैसे उसके दिमाग़ में बसी रहती। उसे कम करने के लिए वह ख़ुशबूदार टेलकम पाउडर लगाने लगी। उसे समझ में आ गया था कि इस मकान में भी बहुत दिनों तक रहना नहीं हो पायेगा उनका। रात में खाते समय ज़िक्र किया कल्याणी ने बसन्त से, ''बेटा हमारा और रत्ना का बिस्तर ऊपर न ले जाना। हम यहीं नीचे ही सो लेंगे।''

खाते-खाते बसन्त रुक गया, ''क्यों! इतनी गर्मी में नीचे कोठरिया में सोओगी।''

''हाँ, सो लेंगे हाथ का पंखा है ना। उससे काम चल जायेगा।

''पर क्यों अम्माँ?'' रत्ना कमरे में होनेवाली परीक्षा की तैयारी में लगी थी। कल्याणी ने धीरे से कहा, ''उसे ऊपर डर लगता है।''

''किस बात का अम्माँ? बग़ल में ही तो हम और बाबू जी सोये रहते हैं।''

''मसान से आती बदबू उसे बर्दाश्त नहीं हो पाती। फिर बुरे-बुरे ख़्याल भी आते हैं। पढ़ नहीं पा रही। नतीजा ख़राब हो जाने की चिन्ता भी खाये जा रही है उसे।'' कल्याणी ने घोषणा-सी कर दी।

''ये सब जवानी के चोचले हैं।'' खाना खा चुके बृजभान ने आँगन की नाली पर हाथ धोते हुए बीच में बात काटी माँ-बेटे की। ''जवानी चढ़ रही है राँड़ के। कहा पचास बार इतना इतर-फुलेल ना लगाया कर इस उम्र में। जिन्न-चुड़ैल पकड़ लेवे

लड़कियों को। पर तुमने ढील दे रखी है पढ़ाई के नाम पर। रोओगी एक दिन कहे देता हूँ।"

कल्याणी का धैर्य से दबाकर रखा गुस्सा ऐसी बातों में पकड़ से बाहर हो जाता है। बिफरी शेरनी हो जाती है, जब उसके बच्चों पर कोई निगाह उठाता है। "रो तो मैं तभी से रही हूँ जब से तुमसे ब्याहकर आयी। थोड़ी-सी ख़ुशी देने लगे मेरे बच्चे तो तुम्हें नहीं सुहाता। ऐसी ओछी तो निगाह पायी है कि वाह-वाह। अपनी बेटी में बेटी न दिखती तुम्हें, सिर्फ़ जवानी दिखे हैं। किसे न आयी जवानी! तुम्हारे तो अभी बुढ़ापे में चढ़ी पड़ी है।"

"क्यों बच्चों के सामने ऐसी बातें करो हो कल्याणी। शर्म न आती तुम्हें बीमार आदमी को ऐसे बोलते हुए?"

"क्यों जब तुम्हें शर्म न आयी अपनी बेटी के बारे में बोलते हुए तो मैं ही कब तक शर्म-लाज रखूँ? और क्यों रखूँ? लड़कियों को जिन्न-चुड़ैल पकड़ते हैं। सोच के देखो आदमियों को और छोरों को क्यों ना पकड़ते ये सब?" साँस भर को रुककर फिर बोली, "बुढ़ापा आने को हुआ पर रोज़ जाकर बैठे रहते हो दालमण्डी में। ख़बर ना रहती क्या मुझे?"

"अम्माँ चुप भी करो। क्यों उलझती हो।" बसन्त ने अम्माँ को शान्त कराने की कोशिश की, "खाना खाओ चुपचाप। मैं कल बात करता हूँ चाचा जी से।" चाचा जी का नाम ले लिया ग़लत समय पर। मुँह से बात निकल ही गयी। अब वापस तो नहीं आ सकती थी। लगा अम्माँ का दूसरा दौर शुरू हो जायेगा चिल्लाने का। पर ये क्या? उन्होंने खाते-खाते निगाह उठाकर प्रश्नवाचक भाव से उसे देखा और झुककर खाना खाने लगी। मौन सहमति-सा कुछ समझ में आया बसन्त को।

अगले ही दिन से बृजभान मरोलिया को एक नया शग़ल मिल गया बतकही का। बेटी के लिए वर तलाशने का। इस तरह की चर्चाओं से वे अपनी चौकड़ी में ज़िम्मेदार व्यक्ति का आडम्बर खड़ा कर ही लेते थे। ज़बान-दर-ज़बान रत्ना की चर्चा ब्राह्मण कुनबों में होने लगी। होते-होते बात विमला शाण्डिल्य तक पहुँची जो आर्य समाज महाविद्यालय की प्रधानाचार्य थीं। रत्ना उनके विद्यालय में बी.ए. की छात्रा थी और चर्चा में रहनेवाली छात्रा थी। रंग-रूप में तो आकर्षक थी ही, पढ़ने में भी

अच्छी थी। पता चला उन्हीं की जाति की है तो उन्होंने अपने बेटे के लिए चुन लिया उसे। पति उनके वकालत करते थे। बेटा भी वकालत की पढ़ाई कर रहा था। गो कि अभी कुछ करता नहीं था, पर यह आशा थी कि वह भी बाप की बनी बनायी लाइन पकड़ लेगा। घर उनका अपना था। बृजभान अपने मित्र साव जी के साथ गये बात करने। घर भी देख आये, लड़का भी और उसे अपने हाथ में पड़ी सोने की पुरानी अँगूठी पहना आये।

घर में आकर घोषणा की तो जैसे वज्रपात हो गया सब पर। रत्ना माँ का पल्ला थामे भुनभुनाती रह गयी। कल्याणी ने उसका पक्ष रखा, "किसी से पूछा न ताछा, गये छेकइया कर आये। तुम्हारी तो बुद्धि मारी गयी है।"

"अरे इतना अच्छा लड़का है। खाता-पीता घर है। अपना निजी मकान है। और कोई ज़िम्मेदारी नहीं। बहन ब्याह कर अपने घर गयी। माँ भी पढ़ी-लिखी है। और क्या बाक़ी बचा था जिसके लिए हम राय-मशविरा करते।"

"इतनी बार कहा तुमसे लड़की अपने पाँव पर खड़ी होना चाहती है। फिर अभी उम्र ही क्या है उसकी जो ब्याह दें।" कल्याणी अब चुप नहीं रहती थी।

"अरे उतनी उम्र में तुम एक पेट गिरा चुकी थी। अभी उम्र नहीं है तो पढ़ते-पढ़ते उम्र करा दोगी तुम।" बृजभान ने शर्म-लिहाज़ ताक पर रख दी।

"बाबू जी मैं पढ़ना चाहती हूँ।" हिम्मत करके रत्ना सामने आयी, "तो पढ़ना ना। कौन मना कर रहा? तुम्हारी सास ने तुम्हें पढ़ाई की वजह से ही चुना है। जितना चाहोगी, उतना पढ़ायेगी वह तुम्हें। और तुम्हें क्या चाहिए।" इस तर्क की कोई काट नहीं थी किसी के पास। एक और ट्रम्प कार्ड चला बृजभान ने, "फिर तुम्हें इस श्मशानी घर से निजात भी मिल जायेगी। तीन मंज़िले पक्के मकान की रानी बनकर रहोगी तुम रत्ना रानी। तब याद करोगी अपने इस बीमार बाप को।"

कल्याणी को भी बात कुछ वज़नदार लगी। रत्ना का मन जानने को दाल थाली में परसते-परसते उसका चेहरा पढ़ने लगी। पर चेहरे पर कुछ लिखा न दिखा। उसे पता था रत्ना को भी अपना भविष्य चुनने का हक़ नहीं मिलनेवाला। इस फ़ैसले में अपनी कुछ बेहतरी के तार खोजने लगी रत्ना और जैसे मिल ही गया। तिनके को सहारा मिलता लगा। रत्ना को लगने लगा उसके अच्छे दिन आने को हैं अब।

अच्छे दिन इतनी आसानी से आते हैं क्या?

बात तय हो गयी। सादगी से शादी होगी पर ज़रूरत भर की रस्में तो होनी ही थीं। कल्याणी की ज़िन्दगी में पहलो बार घर पर कोई उत्सव होनेवाला था। अब तक अपने भाई और बहनों को हमेशा संकट या ज़रूरत पर ही याद किया था कल्याणी ने। उल्लास से उसका जी भरा-भरा हो रहा था कि पहली बार अपनी बहन और भाई के परिवार को ख़ुशी के आयोजन में बुलायेगी। तय हुआ था कि रत्ना की फाइनल परीक्षाओं के बाद ही विवाह होगा। साइत जून की निकली थी। धुर गर्मी का समय, पर अच्छा था। मेहमानों के लिए बिस्तर की व्यवस्था नहीं करनी होगी। ऊपर धर्मशाले की खुली छत पर सब चादर-दरी बिछाकर सो लेंगे।

धर्मशाला, जो ठीक दुकान के ऊपर थी, दस दिन पहले से उसे ले लिया गया था। कल्याणी के सगे भाई-बहन और चचेरे-फुफेरे भाइयों-बहनों के परिवार भी काफ़ी पहले से आ गये थे। सबके बच्चों के इम्तहान के बाद गर्मियों की छुट्टियाँ जो हो गयी थीं। कल्याणी की इलाहाबादवाली बहन की बेटी और भतीजी ने मिलकर जयमाल में नाचने की तैयारी कर ली थी। *"ढूँढो ढूँढो रे साजना ढूँढो रे साजना मोरे कान का बाला"* गाना ख़ूब चला हुआ था उन दिनों। पूरे-पूरे दिन इस पर प्रैक्टिस चलती रहती जयमाल में नाचने की। जयमाल पंजाबी रस्म थी और ब्राह्मणों में पाणिग्रहण के पहले, लड़के लड़की को एक-दूसरे को देखने का चलन नहीं था इसलिए उस पर बड़ी बहस चली। पर जब तिलक के समय लड़के की माँ की ओर से जयमाल की फ़रमाइश हुई तो परम्परावादियों को हथियार डालना पड़ा। तिलक के चढ़ावे को लेकर वैसे ही उधरवालों का मुँह कुछ बना हुआ था। इसलिए छोटी-सी बात पर बखेड़ा करने का इरादा सभी ने त्याग दिया। मेहमानों से किनारे जाकर बृजभान और लड़के के माँ-बाप में कुछ गहमागहमी हो रही थी। बसन्त तिलक की रस्मों से खाली होकर जब तक उस तरफ़ गया, तब तक सुलह-सफ़ाई हो चुकी थी। बृजभान ने बसन्त को कहते हुए मोड़ लिया, "चलो-चलो सब मनमुटाव ख़त्म हुआ बात हो गयी।"

पर सुलह-सफ़ाई हुई किस बात पर यह राज तो उस दिन खुला जिस दिन बारात आकर दरवाज़े पर लगी। घोड़े पर सेहरे में मुँह ढके दूल्हा बैठा था। बैण्ड बाजा, शहनाई, पैट्रोमैक्स, बाराती सब धर्मशाले के आगे-पीछे रुके हुए थे। गली की दुकानें बन्द हो चुकी थीं। कुछ बारात रुकी देखकर बन्द होने लगी थीं। इसलिए कोई व्यवधान नहीं हो रहा था। मन्दिर को जानेवाले ज्ञानवापी की सीढ़ियों की तरफ़ से

चले जा रहे थे। दरवाज़े पर द्वारचार होना था, उसके बाद आँगन में जयमाल। जयमाल में रत्ना के साथ चलने के लिए पाँच लड़कियाँ सजायी गयी थीं। उनमें से दो को जयमाल के बाद नाचना था। सामने बीच में चलनेवाली छोटी बच्ची को वह जयमाल लेकर चलना था जो रत्ना को अपने वर को पहनाना था। नाते-रिश्तेदार सब ऊपर के बारजे से बारात का नज़ारा ले रहे थे। द्वारचार करने को लड़की के बाप को बुलाया गया तो बृजभान नदारद मिले। लामुहाला बसन्त को द्वारचार के लिए आना पड़ा। बसन्त दूल्हे को घोड़ी से उतारने आगे बढ़ा तो लड़के के वकील पिता ने आगे बढ़कर बसन्त को टोका, "क्या सिर्फ़ रोली-चावल से द्वारचार होगा?" बसन्त हकला गया, "और किससे होगा? नारियल और रुपये भी तो हैं। रिश्तेदारों की मिलनी उसके बाद होगी।" "वह तो बाद में होगी। पहले द्वारचार के पाँच हज़ार कहाँ हैं? मैंने तिलक के दिन ही बृज बाबू से कह दिया था, कि तिलक में नहीं लाये, पर जब तक पाँच हज़ार की थैली हमें नहीं मिलेगी, दूल्हा घोड़ी से नहीं उतरेगा।" बसन्त तो हक्का-बक्का! "इस बात की कोई ख़बर हमें नहीं थी, वरना हम करके रखते।"

"क्यों बाप-बेटे में बात नहीं होती क्या? बुलाओ बृजभान जी को पूछो, कहा था कि नहीं? हमने तो उसी दिन बात तोड़ने की बात की थी। पर उन्होंने ही कहा कि द्वारचार पर ये पैसे आपको मिल जायेंगे। उन्होंने कहा न होता तो कोई बात नहीं थी। कहकर मुकर जाना, यह तो अच्छी बात नहीं है।"

बसन्त को घबराया देख बसन्त के मामा, मौसा सभी आ गये। पैर छूकर माफ़ी माँगते रहे, मिन्नतें करते रहे, "अन्दर तो चलिये। जलपान ग्रहण कीजिये। बारातियों को भी करने दीजिये। फिर उसका इन्तज़ाम भी हो जायेगा।"

बारात में औरतें नहीं आती थीं उन दिनों, पर दूल्हे की माँ शिक्षित थी इसलिए उन्होंने इस परिपाटी को तोड़ दिया था। पर अगली परिपाटी न टूटने पाये इसके लिए वह पीछे से आगे आकर दहाड़ने लगीं, "कहाँ से हो जायेगा इन्तज़ाम? पैसा बरसने लगेगा क्या कहीं से? या आप लोग दे दोगे। मुझे पता है एक बार फेरे हो गये तो आप सब अपने-अपने घर। फिर हम क्या कर पायेंगे?" बसन्त के मामा ने हाथ जोड़कर विनती की, "बहन, आप तो पढ़ी-लिखी हैं। पढ़ी-लिखी कन्या दे रहे हैं आपको। फिर आपके पास कौन-सी कमी है जो इसके न मिलने से आपका कुछ अकाज हो जायेगा।"

"सवाल पैसे का नहीं है भाई साहब। औक़ात का है। कंगलों के घर हम सम्बन्ध नहीं करते। बृजभान ने शादी तय करते वक़्त तो इतनी लम्बी-चौड़ी हाँकी कि लगा बड़े भारी व्यापारी हैं। मुझे क्या पता था कि राई रत्ती की भी औक़ात नहीं है। कँगलों के घर शादी नहीं होगी हमारे इकलौते बेटे की।" दुर्गा का स्वरूप हो गयी थीं विमला बहन जी। और दूल्हा घोड़ी पर ऐसे निश्चल बैठा था जैसे मन्दिर में मूर्ति भी क्या बैठेगी। लड़के के बहनोई ने आवाज़ लगायी, "चलो जी बहुत हो चुका तमाशा। लौटा ले चलो बारात। कोई लड़की थोड़ी ना है कि कोई दूसरा नहीं मिलेगा।" ऊपर बारजे से सब देख रही औरतों में खलबली मच गयी। शादी का शालू ओढ़े लगभग दुल्हन बनी कल्याणी बेहोश हो गयी।

रज्जन मामा ने पैर छूकर लौटती बारात को रोका। "ऐसा न करें। थोड़ा समय दें। मैं कुछ इन्तज़ाम करता हूँ। बारात को आगे बढ़ायें।" काहे की बारात? सूनी गली में सिर्फ़ घोड़ी पर दूल्हा और उसके कुछ परिजन बचे थे। सारे बाराती अपने-अपने घर लौट गये। घराती मेहमान भी एक-एक कर निकल लिये। जयमाल के लिए सजी लड़कियाँ सजी-सजी ही सो गयीं। लाउडस्पीकर पर बजते गाने बन्द हो गये। हलवाई के कारीगरों ने कढ़ाई उतारकर चूल्हे में पानी के छींटे मार दिये। बड़ों की कौन कहे, बच्चे तक भूखे पेट सो गये। कल्याणी को पानी के छींटे मारकर होश में लाया गया सामने छोटा भाई रज्जन खड़ा था। उसका हाथ पकड़ रोयी कल्याणी, "भइया आज मेरी इज़्ज़त बचा लो।" रज्जन को कुछ समझ न आया। शादी में आयीं घर की औरतों से कहा, "अपने-अपने गहने उतारकर दो उन्हें गिरवी रखकर पैसे लाता हूँ। वायदा करता हूँ, मैं सब छुड़वाकर आपको वापस दिलाऊँगा।" रज्जन की अभी-अभी ब्याहकर आयी बहू कान्ति के हाथ से सोने की चूड़ियाँ उतरने में देर हो रही थी काँच की चूड़ियाँ उतर नहीं रही थीं। रज्जन ने पास से एक ईंट उठाकर खुद चूड़ियाँ ऐसे तोड़ीं कि कान्ति रो पड़ी।

सारे गहने रूमाल में बाँध निकलने को हुए रज्जन तो सवाल यह कि इतनी रात गये यह काम होगा कहाँ। बसन्त ने दिमाग़ दौड़ाया। सारी परेशानियों के बीच उसे तो हमेशा एक ही नाम याद आता है। अभी भी उन्हीं की याद आयी। अपना साफ़ा उतारकर रखा। और दौड़ पड़ा उन्हें याद करता "चाचा जी" पीछे-पीछे रज्जन।

शादी की गहमागहमी और यह सन्नाटा

सूरजभान आज शाम से अनमने-से अपने बैठक में गाव-तकिया लगाये बैठे थे। आज आढ़त पर भी जी नहीं लगा उनका। रत्ना की शादी है। सारे बिरादरी समाज को न्योता मिला है, एक उन्हें छोड़कर। महीनों से शादी की सारी तैयारी के दृश्य उनके सामने से गुज़रे हैं। धर्मशाला दिलवाना, हलवाई तय करना, कार्ड छपवाना, दूल्हे के कपड़े-गहने बनवाना सब-कुछ तो वही करवाते रहे थे। बसन्त बता रहा था, "अम्माँ बहुत दिनों बाद इतनी ख़ुश नज़र आ रही हैं। बात-बात पर हँसती खिलखिलाती हैं। बहुत दिनों बाद उन्होंने भर हाथ दूबिया चूड़ियाँ पहनी हैं। हाथ में रत्ना के साथ-साथ ख़ुद भी मेंहदी लगवायी हैं। अपने सारे गहने बिक जाने पर भी अपनी शादी की नथ उन्होंने बचा रखी थी, वह भी पहनेंगी रस्मों के समय।" सूरजभान कल्पना कर रहे थे मैरून गोटे-किरनवाला, शालू ओढ़े, बड़ी-सी नथ पहने, हाथों में मेंहदी, माँग में सिन्दूर भरे, पैरों में आलता लगाये कल्याणी क्या उसी दिन जैसी दिख रही होगी जैसी वह शादी के समय दिखी थी। बसन्त ने तो बहुत कहा था आने को। "ऐसा अवसर है कि अम्माँ कुछ नहीं कहेगी। ऐसे अवसर पर आप होंगे तो हमें अच्छा लगेगा।" पर सूरजभान जानते हैं उसका वहाँ होना सही नहीं होगा। ऐसा अवसर है बेटी की शादी का। बिरादरी के लोग पंचायत करने लगेंगे। सही सलामत निपट जाये वही ज़रूरी है और ज़रूरी है कल्याणी की ख़ुशी... कितना दुःख झेला है उसने। अब थोड़ा-सा सुख जीवन में आया है तो रंग में भंग क्यूँ करें। घर बैठे मनाते रहे भगवान् से "सब-कुछ ठीक-ठाक निपट जाये तो कल्याणी की एक बड़ी ज़िम्मेदारी ख़त्म हो। बसन्त की ज़िम्मेदारी तो मैं उठा ही लूँगा।"

पर सब-कुछ ठीक-ठाक नहीं रहा। सूरजभान के छोटे दामाद विसनाथ बाबू गये थे बारात की तरफ़ से। बिन खाये पिये लौट आये। बीबी से कहा खाना बनाने को तो सूरजभान चौंके। सारी बात सुनकर सूरजभान सोच में पड़ गये, "क्या करें। कल्याणी के भाग में एक और दुःख। नहीं अब और नहीं।" पैसा तो कोई बड़ी समस्या ही नहीं थी, सूरजभान के लिए। जायें या न जायें इस उधेड़बुन में लगे थे। बहुत सोचने का टाइम नहीं है, जाये बिना तो रहा नहीं जा सकता। अन्दर के कमरे में गये। जनेऊ से बँधी चाभियों में से तिजोरी की चाभी लगाकर तिजोरी खोल ही रहे थे कि दामाद की आवाज़ सुनायी पड़ी, "आ गये साले साहब। जानते थे हम, और कोई ठिकाना तो है नहीं, यहीं पहुँच रहे होंगे। शर्म भी नहीं आती। शादी का न्यौता तो नहीं दिया भीख माँगने आ गये।"

अपनी कमाई की थोड़ी-सी अकड़ बसन्त में आ गयी है। तमककर बोला "भीख माँगने नहीं आये। पैसा उधार लेने आये हैं, गहनों को गिरवी रखकर।" मामा के हाथ से पोटली उनको दिखाते हुए बोला बसन्त।

"ओ हो। लगता है कारू का ख़ज़ाना ही ले आये हैं साले साहब।" विसनाथ बाबू ने कहा। मामा के चुप कराते-कराते भी बसन्त बोलता ही जा रहा था।

तिजोरी बन्द करके कुर्ता पहनते हुए सूरजभान सीढ़ी उतरते हुए दिखायी पड़े तो बसन्त दामाद से पीछा छुड़ा आगे बढ़ा। बोलने को हुआ तो हाथ दिखाकर चुप करा दिया उन्होंने। बाहर निकलते हुए बोले, "चलो बसन्त। आओ रज्जन।"

उनके खड़े होने से सबको राहत हुई दोनों ही तरफ़। बृजभान जो द्वारचार के समय "गधे के सिर से सींग" की तरह ग़ायब हुए थे, खोजकर निकाले गये कन्यादान के लिए। शादी जैसे-तैसे निपटी, सूरजभान की निगरानी में।

अगली सुबह मुँह अँधेरे रत्ना की विदाई हुई दिन चढ़े लोगों ने देखा, धर्मशाला के पीछे बजबजाती ढेर सारी कद्दू की सब्ज़ी, बूँदी का रायता, कटहल की रस्से की सब्ज़ी, सना हुआ उफनाया आटा, कचौड़ी का मसाला और मूली का सड़ा हुआ कद्दूकस। जून के दस-तपे के दिनों की गर्मी में सब-कुछ बजबजा गया था।

और लोगों ने देखा सवेरे कल्याणी सहित उसके परिवार के लोगों की निगाहों में सूरजभान के लिए स्नेह और सम्मान। देखा सूरजभान के लिए कल्याणी के घर के खुलते दरवाज़े और उसकी ज़िन्दगी में सूरजभान की आमद।

एक खिड़की खुली

रत्ना की पहली विदाई कराकर बसन्त घर ले आया। रत्ना ने अकेले होते ही बसन्त से कहा, "बसन्त, मैं चाचा जी से मिलकर उन्हें धन्यवाद कहना चाहती हूँ। हम बेवजह ही इतने दिन उनसे नफ़रत करते रहे। उस दिन वह आकर न खड़े होते तो क्या इज़्ज़त रह जाती हमारी।"

"मैं तो पहले ही कहता था तुमसे। तुम ही माँ की नफ़रत लादे रही अपने काँधे पर। चाहे जो कुछ भी हो, आख़िर को तो वही अपने हैं ना।" फुसफुसाते हुए कहा बसन्त ने। अभी भी माँ के मन के परिवर्तन के प्रति आश्वस्त नहीं था बसन्त।

"तो मुझे ले चलोगे उनसे मिलाने?" पूछा रत्ना ने।

"नहीं मैं बात कर लूँ उनसे फिर बताता हूँ।" कहते हुए बसन्त निकल गया दुकान के लिए।

शाम को घर आया तो एकदम घोषणा कर दी, "जीजी आज चाचा जी आयेंगे तुमसे मिलने।" बता रत्ना को रहा था और उद्‌बोधन था माँ की तरफ़। पिता को तो वैसे ही फ़र्क नहीं पड़ता था।

कल्याणी को अपना यह घर कभी भी इतना ख़राब नहीं लगा जितना आज लग रहा था। सोचने लगी, कैसे इस अँधेरे-सीलन भरे घर को सजा दें। कैसे यह घर आज रोशनी से जगमगा जाये। सब-कुछ सोचते और करते हुए सकुचा भी गयी, "यह भी कोई उम्र है इस तरह सोचने की। एक बेटी ब्याह चुकी, बेटा ब्याह जाने लायक़ हो गया। पर मन है कि बेताल के शव की तरह लौट-लौटकर वहीं चला जाता है, जहाँ से कहानी शुरू हुई थी। इतना कुछ बीत जाने पर भी लगता है जैसे कुछ नहीं बीता। एक क्षण जैसे वहीं रुका हुआ है। वैसे का वैसा छत पर से सामने मुख्य द्वार पर किसी को देखता हुआ।

कुछ-कुछ पल जीवन में कभी बीतते नहीं, साथ चलते रहते हैं परछाईं की तरह कभी ग़ायब होते कभी आकार से बड़े होते जाते, ऊपर से आती सूरज की रोशनी के हिसाब से।

घर में प्रवेश या जीवन में

रात दुकान बढ़ाने के बाद सीधे यहीं आये सूरजभान, बसन्त के साथ सचमुच घर का मुहाना और अन्तरंग उन्हें अच्छा नहीं लगा। जिस पर रत्ना की प्रतिक्रियाएँ जो बसन्त ने उन्हें बतायी थीं, सब दिमाग़ में ताज़ा हो गयीं। तय किया जल्द ही कोई ढंग का मकान तलाशेंगे। अन्दर क़दम रखते ही दाहिनी ओर बैठका था। लम्बोतरा-सा कमरा जिसके परली तरफ़ बृजभान की खटिया लगी थी। कमरे के इस पार एक तख़्त पड़ा हुआ था। बीच की ख़ाली जगह में कल्याणी के हाथ की सिली, पुरानी सूती साड़ियों और चादरों से बनी कथरी बिछी हुई थी। आँगन के ठीक सामने रसोई थी, और बायीं तरफ़ एक और कमरा। रत्ना, रसोई में माँ का हाथ बँटा रही

थी। आवाज़ सुन कमरे में आयी और झुककर चाचा का पैर छूने को हुयी सूरजभान ने रोक लिया, "ना बिटिया। हमारे यहाँ बेटियों से पैर नहीं छुआते।" आँखों में आँसू भरे, कृतज्ञ भाव से गला रुँधे स्वर में रत्ना बोली, "जानती हूँ, पर समझ में नहीं आता आपको फिर किस तरह धन्यवाद दूँ।"

"अपने को धन्यवाद देते हैं क्या? मैंने कभी तुम लोगों को पराया नहीं समझा। आ जा। बैठ इधर" सूरजभान ने उसका जुड़ा हुआ हाथ पकड़ बग़ल में बैठा लिया। बसन्त वहीं दरवाज़े के पास खड़ा रहा।

सामने खाट पर बृजभान उठ बैठे, "और पण्डित जी? आराम फ़रमा रहे हो" सूरजभान बड़े भाई को हमेशा इसी तरह सम्बोधित करते थे। "क्या तमाशा फैलाया शादी के दिन। और फिर आग लगाकर जमालो गायब।"

"तो क्या करता। सब के जूते खाता?" बृजभान ने बेहयाई से जवाब दिया।

"अरे भले आदमी। जब औकात नहीं थी तो क्यों इतना बड़ा-बड़ा वायदा कर आये? फिर करके आये तो किसी को बताने की ज़रूरत नहीं समझी कि कोई इन्तज़ाम तो कर रखता।" सूरजभान को इशारा बसन्त की ओर था या कल्याणी की ओर, समझना मुश्किल था।

"मुझे भरोसा था, अन्त समय तू ही आयेगा काम सँभालने। और तू आ गया ना।" बृजभान के इस काइयेंपन पर सबको हँसी आ गयी। "आख़िर को काम निपट तो गया ना।"

"तुम भी ना पण्डित जी, सुधरे ना कभी" सूरजभान ने पीछे मसनद पर टेक लगा लिया। "फ़िलहाल तबीयत कैसी है आपकी?"

"कुछ ठीक ना लग रही है। सुस्ती-सी ज़्यादा चढ़ी रहती है। हँफरी भी बहुत होती है।"

सचमुच रत्ना के विवाह के सारे तमाशे के बाद से बृजभान थोड़े सुस्त पड़ गये थे। यह बात कल्याणी को भी समझ में आ रही है। सारी बातचीत रसोई में सुनायी पड़ रही थी। दरअसल सामने पहुँचकर बात कैसे शुरू करें, इस दुविधा में चाय बनाने में जुटी हुई थी। स्टील के गिलास में चाय छानकर हाथ से पकड़कर कमरे

में दाख़िल होने का ठीक समय था, ऐसा समझकर झम से कमरे में दाख़िल हुई कल्याणी। सीधे पल्ले की सूती साड़ी, पर लकदक लाल रंग के प्रिण्ट की, सिर पर पल्ला, माथे पर बिन्दी, हाथ में रत्ना की शादी में लगी मेंहदी की उतरती रंगत, कुल मिलाकर आज कल्याणी एक सुखी गृहस्थिन लग रही थी। चाय का गिलास कल्याणी के हाथ से सँभालकर अपने हाथों में पकड़ते समय सूरजभान ने नज़दीक से कल्याणी की आँखों में देखा। उन आँखों ने क्षण-भर में ही जैसे सूरजभान को जता दिया, चाय का गिलास नहीं, जैसे अभयदान दिया हो कल्याणी ने। एक आश्वस्ति भी कि कल्याणी को अभी भी याद है कि वह कप में नहीं, गिलास में चाय पीता है— तब फूल का गिलास होता था आज स्टील का है। इस एक पल में सबके मनों पर पड़ा बोझ उतर गया— कल्याणी, बृजभान, बसन्त, रत्ना सबके घाव पर पड़ा खुरण्ट सूखा पड़ा था घाव का पता देता। आज खुरण्ट हटा तो उसके नीचे गुलाबी नयी ज़मीन निकली। घाव अन्दर-ही-अन्दर भर गया था। गिलास थमा आँचल से हाथ पोंछती कल्याणी ज़मीन पर बिछी कथरी पर बैठ गयी, दीवार से टेक लगा कर। बात का छूटा हुआ सिरा पकड़ा कल्याणी ने, ''रोग कुछ बढ़ता-सा दिखायी दे रहा है। मुझे चिन्ता होने लग गयी है इनकी।''

''अपने काशीवाले वैद्य जी को दिखाया कभी? सुना है उनके बेटे जो विलायत से पढ़कर आये हैं बहुत बढ़िया इलाज कर रहे हैं रोगों का। एलोपैथी भी जानते हैं और वैद्यकी भी। बसन्त कल ले चलो उन्हें दिखाते हैं।'' सूरजभान बोले।

''बसन्त, चौकी लाकर रख दे सामने। देख चाचा का हाथ जल रहा है।'' सूरजभान को बार-बार हाथ बदलते देख कल्याणी ने कहा। सूरजभान को राहत मिली। पहली बार कल्याणी ने रिश्ते को मान्यता दी थी। अब और कुछ नहीं चाहिए सूरजभान को। जेब में रखकर लाये डिब्बे को निकाला और रत्ना की तरफ़ बढ़ाया। ''ये तेरे लिये हैं, तेरे चाचा की ओर से।'' रत्ना ने खोलकर देखा। उसमें खालिस सोने की चार चूड़ियाँ थीं। रत्ना अचकचा गयी, ''यह क्या चाचा जी, ये तो सोने की हैं।''

''तो क्या मैं तुझे पीतल की चूड़ियाँ दूँगा। ये तेरी चाची की हैं।''

''तो ये तो जीजी लोगों को मिलनी चाहिए थीं ना।'' रत्ना ने सूरजभान की बेटियों के लिए कहा।

"उनके हिस्से की उनको मिल चुकीं। ये उनके हाथ आती न थीं। रखी हुई थीं। अब समय आया तो लगा तुझसे बेहतर कौन होगा इनके लिए।" सूरजभान ने जवाब दिया। कल्याणी ने पुरानी बातों की चोट की– "रख ले, रख ले। क्या पता ये तेरी दादी की ही हों। सब इन्हीं के हिस्से तो पड़ी थीं।" "हथिया ली थी" कहना टाल गयी।

वार को हाथों से लोक लिया सूरजभान ने "ना, ये वो ना हैं। वो तो मैंने सँभाल कर रखी हैं घरैतिन तुझे ही देने के लिए। तेरे हाथों तेरी बहू को जाये वही बेहतर।"

"गलत-बेहतर की इतनी खोज ख़बर भी रही है तुममें लाला जी" कल्याणी ने फिर चोट की। सुरजू लाला आज बात बिगाड़ने नहीं, बनाने की सोचकर आये थे, सो मुलायमियत से जवाब दिया, "ज़िन्दगी सिखा देवे है पण्डितानी" और चूड़ियों का डिब्बा उठा बढ़ा दिया कल्याणी की तरफ़।

"लो, उठा लो पण्डितानी। रख लो सँभालकर इसे। बेटी की पहली बिदाई भी तो करनी होगी। उसकी कुछ तैयारी की है या नहीं? बड़ी लालची है तुम्हारी समधिन।"

जी में आया कल्याणी के कह दे, "आपसे तो कम ही होगी लाला जी।" पर स्थितियों की दरकार थी कि वह और कड़वा ना बोले। बृजभान सारी बातों को सुन रहे थे, पर कुछ ऐसे निरासक्त भाव से जैसे उनके पड़ोसी के घर की बातें हों। ज़िन्दगी भर यही तो चाहते रहे वे। उनकी ज़िम्मेदारी कोई और उठाता रहे। यहाँ तक कि स्वास्थ्य की भी ज़िम्मेदारी नहीं उठायी बिगाड़ते ही गये। खाँसी का दौरा पड़ा तो कल्याणी उठकर भागी। पानी पिलाया, पीठ सहलाती रही पर आँखें टिकी रहीं सामने बैठे सूरजभान पर। खाँसी रूकी तो रत्ना बोली, "लड़कियों की शादी करते-करते अनुभवी हो गये हैं चाचा जी।"

"हाँ, सही बात कह रही है रत्ना तू। भगवान् ने सब-कुछ दिया, एक बेटा भी। पर उठा लिया। मेरे किये की सज़ा मुझे मिली। घरवाली भी चटपट चल दी। बेटियों ने मुझे कभी वैसा प्यार नहीं किया कि जी हुलस जाता।"

"दुःखी क्यों होते हैं। ये बसन्त है ना आपका बेटा। आप इसकी शादी में सब अरमान पूरे कर लेना।" रत्ना चहककर बोली।

“बड़ी अच्छी बात करने लगी है तू। ससुराल में सबको ख़ुश रखना ऐसे ही बोलकर।” मन्दिर में शंख घड़ियाल बजने लगे, “भगवान् जी की आरती शुरू हो रही है। इधर को आया हूँ तो ज़रा होता चलूँ।” उठते-उठते मन्दिर से उठती इन ध्वनियों के संग तीन संकल्प लेकर निकले उस घर से सूरजभान। एक बृजभान को वैद्य जी के बेटे को दिखाना, दूसरा एक बेहतर मकान ढूँढना, तीसरे इससे पहले कि इस बीमारी की चर्चा हो जाये, बसन्त की भी शादी कराना। ज़िम्मेदारियाँ उठाकर भरा-भरा महसूस करने लगे सूरजभान। जीवन में ज़िम्मेदारियाँ न हों तो इन्सान बेकार और जीवन बेमानी लगने लगे। मन्दिर में आरती शुरू हुई। आरती में दोनों हाथ जोड़े सूरजभान ने और आवाज़-में-आवाज़ मिलायी, “हर-हर महादेव।”

बृजभान को अगले दिन सुरेशदत्त ओझा जी को दिखाया गया। उनके पिता शहर के पुराने वैद्य, उनके साथ ही बैठते थे। लम्बी लाइन लगती थी रोगियों की, ख़ास कर असाध्य रोगों के इलाज के लिए। दूर-दूर तक ख्याति थी वैद्य जी की। बताया गया कि खाँसी में बलगम के साथ ख़ून के छींटे भी आने लगे हैं। वैद्य जी ने शिकायत की, “बहुत देर से आये साव जी। और पहले दिखाना चाहिए था।” सूरजभान ने बताया, “बच्चा छोटा है, अकेला करनेवाला, उसे समझ नहीं आया कि कहाँ दिखाये। बस सरकारी अस्पतालों के चक्कर लगाता रहा।”

“पर जे तेरा ही तो भाई लगे ना। सब-कुछ उसका हड़पकर बैठ गया। अब कुछ तो उसका ध्यान कर।” बड़े वैद्य जी के खाली समय में इसी बड़े हाल में उनके दरबारी आ जाते हैं शहर की पंचायत करने। जब से छोटे वैद्य आये, विलायत पलट होकर, काम बढ़ गया है, बैठकी थोड़ी कम हो गयी है। सूरजभान भी पहलेवाला सूरजभान होता तो पलटकर जवाब ज़रूर देता। पर अब धारा पलटकर बह रही है। कहते हैं बनारस में गंगा की उल्टी धारा भी बहती है। हाथ जोड़कर बस इतना ही कहा, “सोई कर रहा हूँ वैद्य जी। इसीलिए तो लेकर आया हूँ।” छोटे वैद्य जी ने एक्स-रे कराया, ख़ून की जाँच करायी। सब देखकर बताया कि फेफड़े काफ़ी ख़राब हो चुके हैं। कुछ दिन की दवा दे रहा हूँ फ़ायदा हो तो ठीक, वरना भवाली जाकर देखो। वहाँ खुली आबो-हवा में रहने पर रोगी पर दवाइयों का ज़्यादा असर होता है।”

गिरती सेहत और चढ़ता व्यवसाय

पिता को दिखाकर लौटते हुए बसन्त बहुत घबराया हुआ था। गली से पैदल चलते हुए कई बार गाय और साँड़ से भिड़ते-भिड़ते बचा। “चाचा जी भवाली ले

जाकर रखने के लिए तो बहुत पैसे लगेंगे। मैं सोचता हूँ कुछ और काम थाम लूँ।" बसन्त ने चुप्पी तोड़ी।

"हाँ सोचते हैं कुछ। चिन्ता मत कर। माँ को घबरवा मत देना। कहना वैद्य जी ने कहा है ठीक हो जायेंगे, धीरे-धीरे। अभी भवाली की बात भी न बताना। जब चलने की ज़रूरत आ ही पड़ेगी तब बतायेंगे।" बसन्त पिता को रिक्शे से घर छोड़ने चला गया। सूरजभान अपनी आढ़त पर। दिमाग़ चलता रहा, "बसन्त की कमाई बढ़े कैसे।"

दोस्त शुभ-चिन्तकों से राय-मशविरा किया, "कुछ ने कहा अपने साड़ियों के धन्धे में ही एक गद्दी कुंजगली में उसे भी दिलवा दो। अपने हिस्से का वह भी कमायेगा। कुछ ने कहा, "गद्दी" न दो, अपने काम का जो विदेश का धन्धा है उसमें से कुछ उसकी तरफ़ करते जाओ। विश्वनाथ गली में जो दुकान है पूजा के सामान की, उसे वह लड़का देखता रहेगा जिसे दौड़ने-भागने को रखा है । सूरजभान जानते थे, वह यह काम नहीं कर सकते। ये सारे काम उसके दोनों दामाद देखते हैं। उनके बीच ही झगड़ा उठा रहता है। बसन्त को भी उस काम में हिस्सा दिया तो वे दोनों बुरी तरह बिगड़ जायेंगे। वैसे भी दोनों बसन्त के प्रति उनके झुकाव को लेकर छींटाकशी करते रहते हैं। बोल इसलिए नहीं पाते कि उन्हीं के नाम की कमाई खा रहे हैं।

उनके एक दोस्त ने बम्बई में अभी हीरे और दूसरे पत्थरों का काम शुरू किया है। उसी की एक शाखा बनारस में खोलकर बसन्त को दिला दें तो नया बाज़ार मिलेगा। बनारस में पैसेवालों की कमी नहीं। हीरे-जवाहरात पर ख़र्च करेंगे। पैसा डालना ज़रूर पड़ेगा, पर अगर काम चल निकला तो कमाई भी ख़ूब होगी। बसन्त का दिमाग़ धन्धे में ख़ूब लगता है। धीरे से उसे इस काम में डालते हैं, सोचा उन्होंने। एकदम से शो रूम दे दिया तो दुनिया की आँखों में खटकेगा। धीरे-धीरे इस छोटी दुकान के पीछे इस बड़े काम का अनुभव बटोरता रहेगा, जब एकदम सध जायेगा तो मेन सड़क पर उनकी जो दुकान सामानों का गोदाम बनी हुई है उसे खुलवा देंगे। ऐसा सोचते-सोचते सूरजभान को यह भी .ख्याल आया कि सूरजभान का काम बढ़ा तो हाथ बँटानेवाला कोई नहीं होगा। काश, कल्याणी के एक बेटा और होता। अब तो होने से रहा हालाँकि जानता है वह कि बृजभान का शरीर में चित्त बहुत बसता है। क्या पता कुछ हो ही जाये!!

शादी गुड्डे-गुड़िया की

हर समस्या की काट आदमी को मिल जाती है अगर वह आगे की ओर देखनेवाला हो। रात में लेटे-लेटे सूरजभान के दिमाग़ के घोड़े दौड़े। इससे पहले कि बृजभान की बीमारी की चर्चा हो और बात फैले, बसन्त की शादी कर देते हैं। सत्रह का ही है तो, क्या हुआ थोड़ी कम उम्र में ही सही। लड़की पढ़नेवाली कुशाग्रबुद्धि ही लायेंगे। ज़माना बदल रहा है लड़कियों की पढ़ाई पर इतना ध्यान दिया जा रहा है। क्या पता कल को लड़कियाँ भी दुकान पर बैठने लगें। सूरजभान कल्पना करने लगे शालीन तरीक़े से कपड़े पहने, पढ़े-लिखे इन्सान की तरह आत्म-विश्वास से काम करती किसी लड़की की। और क्या पता, दुकान से नहीं, घर से पैसों का हिसाब-किताब रखने में ही मदद कर सके आनेवाली बहू। कल किसने देखा है!!

कल्याणी को बताया तो हँस पड़ी कल्याणी, "हाँ क्यों नहीं। बेटी पढ़ सकती है तो बहुएँ क्यों नहीं। और हम सबों ने जैसे जीवन काटा, गोबर-गणेश की तरह, बस घर-गृहस्थी चौका-बासन करते, भगवान् न करे आगे आनेवाली पीढ़ी को भी ऐसे ही समय गुज़ारना पड़े।" सब्ज़ी काटते हुए कल्याणी ऐसी बहू की कल्पना में खो गयी पर एकदम से ख़यालों में रोक लगी दुःखी हो आयी कल्याणी, "पर ऐसी लड़की मिलेगी कहाँ? और होगी तो हमारे इस घर में क्या देखकर आयेगी?"

"आयेगी पण्डितानी ज़रूर आयेगी। पढ़े-लिखे भले संस्कारों की लड़की ये सब नहीं देखती, बस देखती है सिर्फ़ कर्मठता और अच्छे संस्कार। तुम्हारी छोटी बहन की शादी आख़िर क्या देखकर जयप्रकाश से की थी तुम्हारे पिता जी ने? कुछ भी तो न था उसके घर में। सरस्वती ही तो थी। और देखो आज वह ख़ुश है। जयप्रकाश भी देश-विदेश में कितना नाम कमा रहे हैं।

यही तो दुखती रग है कल्याणी की। उसके और छोटी बहन के बीच जीवन भर स्पर्द्धा चलती रही कौन ज़्यादा ख़ुश है। कल्याणी का कुछ भी छिपा हुआ नहीं था किसी से। पर उसके सामने वह दिखाने की कोशिश बहुत करती थी कि वह बहुत ख़ुश है। सब-कुछ सँभाल लेती है कल्याणी पर पति के मामले में मात खा जाती है। बीमार, चिड़चिड़े, बूढ़े दिखते बृजभान के सामने सुदर्शन, सुशिक्षित, हँसमुख जयप्रकाश बाजी मार ले जाते हैं हमेशा। उनका भाई रज्जन, उसकी बीबी कान्ति भी आये दिन बनारस को लाँघकर इलाहाबाद पहुँचे रहते हैं छोटीवाली बहन के घर। इस

फ़र्क़ को प्रारब्ध के माथे न डाले तो कैसे राहत पाये कल्याणी? पर कल्याणी को भी नहीं पता था कि अब कल्याणी का भाग्य करवट बदलने को हो रहा था।

गली से खुली सड़क पर

एक तिमंज़िले पूरे मकान का हिसाब बैठाया सूरजभान ने। श्मशान की उस गली से, अब वे लहुराबीर के नये बने तीन मंज़िले मकान में रहने आ गये। मकान बदलने में देर क्या होती। सामान ही कितना था कल्याणी का। कुछ बर्तन, कुछ कपड़े, एक तख़्त, एक खाट, कुछ सन्दूक़ और एक बड़ा टीन का बक्सा। सड़क से थोड़ा अन्दर को था गली में घर पर उतना नहीं जितने के लिए बनारस मशहूर है। घर के चारों द्वार रास्ते पर खुलते थे। स्कूटर खड़ी करने की जगह भी थी मकान में। दौड़ने-धूपने में आसानी होगी इसलिए एक सेकण्ड हैण्ड स्कूटर ख़रीद लिया था बसन्त ने। कुछ तो राहत हुई खुली सड़क पर आकर। मकान दुकान देखकर शादीवाले भी अपनी राय बनाते हैं, ऐसा समझ में आया, मकान में आने के बाद। अब बसन्त की शादी के लिए कुछ ग़रीब घरों की लड़कियों के प्रस्ताव आने लगे। पर सूरजभान पढ़नेवाली लड़की की तलाश में थे।

सूरजभान के एक मित्र ने याद दिलाया उपाध्याय जी की। उनके बचपन के एक सहपाठी थे केशव उपाध्याय। पढ़ने-लिखने में तेज़। ये लोग जहाँ व्यवसाय में लग गये, केशव पढ़ाई-लिखाई करते गये और सरकारी स्कूल के टीचर होकर बाहर-बाहर घूमते रहे। मित्र ने ही बताया कि अब जौनपुर के किसी सरकारी स्कूल के प्रिन्सिपल हैं और उनके कई लड़कियाँ थीं जो अब ब्याह के लायक़ हो गयी होंगी। एक स्कूल प्रिन्सिपल की कमाई होगी ही कितनी और लड़कियाँ तीन हैं ब्याहने को। बिना दहेज के कोई शादी करने को तैयार हो, सो भी समजातीय, तो कौन नहीं तैयार हो जायेगा। मित्र ने ही बताया कि उनके सभी बच्चे पढ़ने में बहुत तेज़ और संस्कारी भी हैं।

सूरजभान के कहने पर उन्होंने उनसे ज़िक्र किया। बचपन के मित्र की याद उन्हें थी। और अता-पता भी था। "अरे वह तो बड़ा बिजनेसमैन हो गया बनारस का। वह हमें क्या याद रखेगा। कहना आये कभी यहाँ। हम भी बनारस गये तो मिलेंगे सूरजभान से।" तत्काल सूरजभान की वहाँ जाने की तैयारी हो गयी पर बिना मन्शा बताये।

तीनों बहनों में सबसे बड़ी सुखदा दसवीं की तैयारी कर रही थी। घर के कामों की वजह से माँ ने बहुत बार कहा था प्राइवेट इम्तहान दिलाने को। पर पिता तैयार नहीं हुए।, "इतने नौकर-चाकर तुम्हें मिलते हैं सरकारी नौकरी की वजह से। फिर भी तुम्हें घर के कामों का रोना रहता है। लड़कियों को शिक्षित करने की बात आये दिन मैं अपने भाषणों में कहता रहता हूँ और अपनी ही लड़कियों को नहीं पढ़ाऊँ तो क्या शक्ल रह जायेगी मेरी।"

"और शादी? उसकी कुछ चिन्ता है तुम्हें? लाइन से तीनों शादी के लायक़ हुई जा रही हैं। धीरे-धीरे करके नौकरी में रहते निपटाओ सब। बेटे की तो चिन्ता नहीं है। छोटे हैं सब सुखदा से।"

"हो जायेगी। शादी भी सबकी हो जायेगी। पर करूँगा वहाँ जहाँ उनकी पढ़ाई की क़दर होगी। और पहले शादी करूँगा प्रकाश की ताकि एक बेटी जाने के पहले एक घर में आ जाये और तुम्हें काम का रोना भी न रहे।

स्कूल से वापस आयी बेटियों में से बड़ी सुखदा को आवाज़ दी उन्होंने, "बेटी सुखदा! इस शनिवार को मेरे बचपन के एक मित्र आ रहे हैं मिलने। कक्षा तीन से बारहवीं तक हम साथ पढ़े थे। पहलवानी करने एक ही जगह जाया करते थे हम और फिर उसके बाद तैराकी का कम्पटीशन होता। हम दोनों ही भाग लेते उसमें। गंगा पार कर जाते थे हम एक साँस में।" बीते दिनों की याद ताज़ा करते भावुक हो उठे उपाध्याय जी।

"बीच में नौकरी के चक्कर में मैं बाहर-बाहर रहा। वह भी जीवन की आपाधापी में व्यस्त हो गया। इधर हमारे कामन मित्र माणिक ने दोनों को ख़बर दी तो आजमगढ़ से लौटते हुए यहाँ रुकने का प्रोग्राम बना लिया है उन्होंने। बेटा तैयारी में थोड़ा माँ का हाथ बँटा देना।"

"काहे की तैयारी पापा। इतना काम तो रोज़ ही रहता है। फिर अकेले आदमी। आपकी उम्र के। कितना खा लेंगे पापा?" सुखदा बोली, "वे अकेले ही आयेंगे?"

"नहीं, शायद उनके साथ उनकी पत्नी भी आ रही हैं। कुछ पूछा नहीं मैंने माणिक से। जो भी हो, यहाँ किस बात की कमी है? है ना।"

''जी पापा। आप चिन्ता मत करिये। शनिवार को आधे दिन का कॉलेज है मेरा। एक बजे आकर सब सँभाल दूँगी।''

सूरजभान आजमगढ़ से नहीं, सीधे बनारस से ही आये थे किराये की कार से। साथ में कल्याणी और कल्याणी के बहनोई को भी ले आये थे। माणिक तो साथ थे ही। कल्याणी के लिए घर से बाहर निकलने का पहला अवसर था, वह भी इतने शुभ कारण से। कल्याणी आह्लादित थी। आने से जाने तक सबने कल्याणी को सूरजभान की पत्नी ही समझा। केशव उपाध्याय उन्हें 'भौजी' 'भाभी सम्बोधित करते रहे। किसी ने भी आपत्ति नहीं की। सूरजभान ने सोचा 'भाभी' तो वह है ही, बृजभान के नाते या मेरे, उसको बताने से क्या फ़ायदा। माणिक भी चुप लगा गये, ''कौन-सा अभी रिश्ता हुआ जा रहा है। जब होने लगेगा तब बता देंगे।'' जयप्रकाश वैसे भी गम्भीर आदमी थे, आगे बढ़कर कुछ बोलने की उनकी आदत नहीं थी।

थोड़ी देर में केशव जी की तीनों बेटियाँ नीली-सफ़ेद ट्यूनिक में दो-दो चोटियाँ डाले कन्धे पर बस्ता लिये घर आयीं। एक-एक कर ड्राइंग रूम में बैठे मेहमानों को नमस्कार करती अन्दर चली गयीं। केशव उपाध्याय ने परिचय कराया, ''ये मेरी बेटियाँ हैं, बड़ी सुखदा, मँझली शुभदा और यह छोटीवाली अन्नू यानी अन्नदा।''

''बड़े अच्छे नाम रखे हैं आपने अपनी बेटियों के।'' जयप्रकाश जी बोले। गद्‌गद होकर केशव जी ने कहा, ''हाँ चाहता हूँ ऐसी ही साबित हों तीनों अपने जीवन में।''

''क्यों नहीं। क्यों नहीं। और बेटे कहाँ है तुम्हारे?'' अबकी सूरजभान ने पूछा, ''एक सबसे बड़ा पॉलिटेक्निक से डिप्लोमा कर रहा है, दूसरा नवीं में पढ़ रहा है। अभी स्कूल से लौटा नहीं। लड़कियाँ तो समय से आ जाती हैं, पर बेटों का कोई समय नहीं होता। यार सूरजभान बड़ा अच्छा हुआ तेरे कोई बेटा नहीं। बेटियाँ बड़ी स्नेही होती हैं।'' केशव उपाध्याय ने दोस्ताना बात छेड़ी। ''है ना, एक बेटा बसन्त। वह कारोबार देखता है, सूरजभान का। बड़ा लायक़ है। साथ-ही-साथ पढ़ाई भी कर रहा है।'' माणिक के इस झूठ से सभी आश्चर्यचकित हुए, पर झूठ को अपने पक्ष में जाता देख तीनों चुप रहे।

''दरअसल उसी के लिए लड़की देखने गये थे आजमगढ़। पर लड़की पसन्द नहीं आयी।''

''क्या भाई, बेटा इतना बड़ा हो गया। शादी के लायक़।'' केशव ने सूरजभान से पूछा पर जवाब माणिक ने ही दिया, ''नहीं। है तो कोई सत्रह साल का ही पर भाभी की तबीयत थोड़ा ढीली रहती है। ऐसे में बहू ले आयें तो थोड़ा सहारा हो जाये। ऐसा सोच रहे हैं। फिर मन के लड़का-लड़की क्या आनन-फानन में मिलते हैं, बड़ा खोजना पड़ता है। ब्राह्मणों में लड़कियों की वैसे भी कमी होती जा रही है।''

सुखदा तब तक कपड़े बदलकर शलवार कुर्ते में आ गयी। तीनों लड़कियों ने चाय-नाश्ता टेबिल पर लगा दिया। फिर अपनी माँ को भेज दिया। उनके साथ के लिए। टेबिल पर सुखदा को देखने के इरादे से कल्याणी ने केशव की पत्नी से पूछा– ''ये लड़कियाँ कहाँ गयीं? वे नहीं खायेंगी क्या?''

पत्नी ने जवाब दिया, ''वे खाना बनाने में लगी हैं, आप सब के लिए। सुखदा खाना बहुत अच्छा बनाती है। उसी ने हमको भगा दिया किचेन से।''

सूरजभान ने लड़की को थोड़ा और परखने के ख़्याल से प्रस्ताव रखा, ''अरे भाई लड़कियों को क्यों परेशान करना। एक दिन के लिए मिले हैं, चलो कहीं बाहर खाना-पीना हो जायेगा।''

''सूरजभान यह जौनपुर है। तुम्हारा बनारस नहीं कि क़दम-क़दम पर खाने का सामान बिकता मिले। विश्वनाथ गली से दशाश्वमेध घाट तक और गोदौलिया से लंका तक। सच बात है, ''खाने-पीने का सुख तो बनारस में है भाई''

''फिर भी यार कोई होटल-रेस्तराँ तो होगा?'' बाहर खाने के प्रस्ताव पर बहनों को मज़ा आ गया। चाय के बर्तन उठाते सुखदा ने टप से बोला 'है ना पापा। नटराज होटल। वहाँ डोसा बहुत अच्छा मिलता है।''

''बस बस वहीं चलते हैं सब। तैयार हो जाओ तुम सब। तब तक लड़के आ गए, तो उन्हें भी ले लेंगे।'' माणिक ने तत्काल कहकर प्रस्ताव को पक्का कर दिया।

''पर मैं तो बाहर का खाती नहीं। इसलिए मुझे माफ़ करें भाई साहब।'' केशव उपाध्याय की पत्नी ने कहा। खाया तो बाहर कभी कल्याणी ने भी नहीं पर आज बहू को परखने के विचार ने सब-कुछ करवा लिया कल्याणी से।

होटल में खाते वक़्त सुखदा कल्याणी के बग़ल में ही बैठी। कल्याणी ने उसे चाव से डोसा खाते देखा तो मन में शंका उठी। पूछ ही लिया, "तुम मांस-मछली-अण्डा भी खा लेती हो क्या?"

"नहीं तो। माँ मेरी घर से बाहर निकाल देंगी। ये तो शुद्ध शाकाहारी होता है।" बोलते-बोलते अचकचा गयी सुखदा। कल्याणी की तरफ़ देखकर पूछा– "मैं आपको क्या पुकारूँ? 'चाची' ठीक है ना?"

"नहीं। तुम माँ ही कहो। तुम्हारे मुँह से अच्छा लगता है। जानती हो तुम्हारी ही तरह मेरी एक बेटी है रत्ना। वह जब से ससुराल गयी कोई 'माँ जी' कहनेवाला ही नहीं रहा।"

"तो मैं बता रही थी माँ जी कि यह दोसा दक्षिण भारतीय व्यंजन है। यह दाल-चावल का चीला हुआ और इसमें भरा हुआ आलू। बस साँभर-चटनी के साथ खाया जाता है।" अपनी रौ में बोलती जा रही थी सुखदा, पर चावल का नाम सुन कल्याणी का मन बिदक गया। बाक़ी तो ठीक पर "कच्चे खाने" का छूत तो मानती है वह। चावल और रोटी का छूत मानती है कल्याणी। उसने सामने से डोसा खिसका दिया। एक प्लेट टिक्की मँगवा ली।

कल्याणी का मन वैसे भी थोड़ा ख़राब था। झूठ का जो ताना-बाना बुनता चला जा रहा था उससे उसका मन ख़राब हो रहा था। वह सूरजभान की पत्नी नहीं है। बसन्त सूरजभान का बेटा नहीं है। बेशक उसे बसन्त के लिए सुखदा बहुत अच्छी लग रही है, मन उसके प्रति ममता से उछला जा रहा है, पर झूठ का यह आडम्बर! फिर दुबारा? नहीं बिल्कुल नहीं। सोच में पड़ी हुई थी कि 'नटराज होटल' के बग़ल में 'दिलीप स्टूडियो' में घुस लिये सब। यह हुआ कि आज के दिन की एक ग्रूप फ़ोटो करवा ली जाये। दरअसल यह फ़ोटो सुखदा की तस्वीर बसन्त और रत्ना को दिखाने के इरादे से खिंचवायी जा रही थी। सीधे-सादे केशव उपाध्याय को इसमें किसी छिपी साजिश की भनक भी न लगी। फ़ोटो में बीचोबीच सुखदा बैठी उसके अलग-बग़ल सूरजभान और कल्याणी आगे दोनों बेटियाँ पीछे माणिक, जयप्रकाश और केशव उपाध्याय। सूरजभान के साथ इस तरह की तस्वीर का यह पहला मौक़ा था, पर कल्याणी को अन्दर से जैसे कुछ कचोट रहा था। उसे बार-बार बीमार बृजभान का ख़याल आने लगा। वह अचानक ही गुमसुम और ख़ामोश हो गयी। उसने अब जल्दी से चल देने की रट लगा दी।

तस्वीर दो दिन बाद मिलनी थी। तय हुआ कि माणिक जब वह तस्वीर लेने जायेंगे तब शादी का ज़िक्र छेड़ेंगे। हो सकेगा तो बसन्त की एक तस्वीर लेते जायेंगें, उन्हें और लड़की को दिखाने। बसन्त की उठान अच्छी थी, रंग और नैन-नक्श भी अच्छे थे। पहलवानी का शरीर हो रहा था। किसी भी लड़की को पसन्द आ जायेगा। माणिक ने सूरजभान से कहा– "सूरजभान हाथ मिलाओ। यह रिश्ता शत-प्रतिशत होकर रहेगा।"

दोनों के हाथ मिलाने से पहले ही कल्याणी ने गम्भीरता से घोषणा की, "पर झूठ बोलकर नहीं। उन्हें सच-सच बताना होगा, फिर चाहे वे करें या न करें। एक झूठ का बोझ मैं झेल चुकी हूँ। दुबारा वही फिर किसी लड़की के साथ हो, यह नहीं होगा, बेशक मेरा बेटा ज़िन्दगी भर कुँवारा रहे।" माहौल अचानक से भारी हो गया। पर कल्याणी का साथ दिया जयप्रकाश ने–"मैं समझता हूँ, जीजी बिल्कुल ठीक बात कह रही हैं। झूठ की ज़मीन पर रिश्ते की इमारत नहीं खड़ी करते। सच्चाई पता चलते ही नींव खिसक जाती है और रिश्ते बिगड़ जाते हैं।"

माणिक और सूरजभान को बनती बात बिगड़ती नज़र आने लगी। फ़ोटो केशव उपाध्याय ने किसी आते-जाते के हाथ बसन्त की दुकान पर भिजवा दी। फ़ोटो सबसे पहले बसन्त ने ही देखी और समझ गया कि बीच में बैठी लड़की ही सुखदा है। पहली बार किसी लड़की की फ़ोटो देखी बसन्त ने। उसे तो किसी भी लड़की की फ़ोटो आकृष्ट कर लेती, फिर सुखदा तो देखने-सुनने में अच्छी थी। घर लाकर अम्माँ को देने के पहले वह फ़ोटो रत्ना को दिखा आया। रत्ना को भी अच्छी लगी। बोली– "अब काहे की अबेर है। तू तो बीबीवाला हुआ ही ठहरा– दहेज अम्माँ लेगी नहीं, तो समस्या भी काहे की होगी।"

"समस्या है ना एक–अम्माँ। हमेशा की तरह अम्माँ ही बखेड़ा खड़ा कर देती है। कहती है झूठ बोलकर रिश्ता नहीं करूँगी। और बाबू जी की बीमारी और घर की हालत जानकर कोई रिश्ता करेगा क्या?"

"दुःखी काहे को होता है, क्या पता कोई कर ही ले। अम्माँ ग़लत नहीं कह रही रे बसन्त। झूठ के रास्ते पर बड़ी फिसलन होती है। एक बार जो रपटता है तो रपटता ही चला जाता है। सच की राह पर चाहे बहुत सुख न हो, पर मन का चैन और आत्मा

की रोशनी तो होती है कि राह में आदमी चाहे तो धीरे-धीरे आगे बढ़ता चला जाता है।" रत्ना को अपना दुःख दिखायी दिया जो उसने किसी को नहीं बताया था।

बसन्त को लगा, ये रत्ना भी अम्माँ की तरह बड़ी-बड़ी बातें करती है। या शायद सभी औरतें जिस पर दुःख की छाया पड़ती है ऐसी ही बातें करने लगती हैं? तो क्या रत्ना की ज़िन्दगी में कुछ दुःख है? वह बताती तो कभी नहीं। बसन्त ने सोचा।", "फुरसत से अकेले में पूछूँगा उससे"

रत्ना सोचती क्या बताये उन्हें जिनके पास अपने दुःख संघर्ष कुछ कम नहीं हैं। अम्माँ ने कितने दुःख झेले। कितने कड़े दिन देखे। अब थोड़ी सुखों की रोशनी आती दिखती है तो उस पर अपनी छाया क्या डाले। अपने-अपने हिस्से का दुःख हर किसी को झेलना पड़ता है 'सुख' में सभी साथ हो सकते हैं। हो ही जाते हैं।

झूठ की काई छँटी

कल्याणी को बेटे का बार-बार तस्वीर उठाकर देखना और उदास हो जाना साफ़-साफ़ दिखायी पड़ रहा था। दरअसल उसे भी अपने घर में ऊपर-नीचे चलती-फिरती बहू के रूप में सुखदा दिखायी पड़ रही थी। हारकर उसने कॉपी के दो पन्ने फाड़े। युगों पहले भूले हुए सुलेख के अभ्यास को याद किया और एक पत्र लिख डाला। टूटी भाषा और अभ्यास छूटी राइटिंग में उसने लिखा–

"आदरणीय भाई जी,

यहाँ सब कुशल है। आप सबकी कुशल क्षेम की प्रार्थना भगवान् विश्वनाथ से करती रहती हूँ।

भाई साहब ज़िन्दगी में पहली बार कोई पत्र लिख रही हूँ। कारण आपसे क्षमा प्रार्थना करना। पहली तो इस बात की कि आपसे छिपाया कि मैं आपके मित्र सूरजभान जी की नहीं बल्कि उनके ममेरे भाई बृजभान की पत्नी हूँ। आपके यहाँ अनायास ही माणिक भाई जी ने एक झूठ की टट्टी खड़ी कर दी जिसे मैं चाहकर भी हटा नहीं सकी।

दूसरी बात यह छिपाना कि हम आपके घर आपकी बेटी अपने बेटे बसन्त के लिए देखने-परखने के लिए पधारे थे। आपकी तीनों ही बेटियाँ बड़ी प्यारी और

सुसंस्कारी हैं। कोई भाग्यवाला उन्हें वरेगा। आशा है आप दोनों ही बातों के लिए इस बहन को माफ़ कर देंगे। हमारे यहाँ औरतों को निर्णय लेने और बोलने का हक़ नहीं है। होता, तो मैं तभी सच बोल देती।

तीसरी और ज़रूरी बात यह कि मुझे सुखदा बेटी को बहू के रूप में पाने की इच्छा है पर मेरे पास कर्मठ बेटे बसन्त और मन में स्नेह के अलावा कुछ और नहीं है। मेरे पति क्षय रोग से पीड़ित हैं। यदि ये सब जानने के बाद भी सुखदा बेटी को मुझे देने को तैयार हों तो मैं उसे एक साड़ी में अपनी बहू बनाकर लाने को तैयार हूँ। मैं वादा करती हूँ कि आपकी बेटी को मैं कभी कोई कष्ट नहीं होने दूँगी। उसे अपनी बेटी की तरह रखूँगी। वह जितना चाहेगी, उतना पढ़ाऊँगी। मैं स्वयं पढ़-लिख नहीं सकी, मेरी बड़ी इच्छा है कि मेरे घर एक पढ़ी-लिखी लड़की आये। पढ़ी-लिखी लड़की के आने से आगे की तीन पीढ़ियों के नक्षत्र सुधर जाते हैं। यदि सब जानकर आप इन्कार भी कर देंगे तो हमें बुरा नहीं लगेगा। पर सुखदा मेरे घर आयेगी तो लगेगा अँगूठी में नगीना जड़ गया।

आपकी लाचार बहन
कल्याणी"

केशव उपाध्याय पढ़े-लिखे संवेदनशील व्यक्ति थे। उनकी बेटियाँ भी उन्हीं पर गयी थीं, ख़ासकर बड़ी बेटी सुखदा। उन्होंने पूरे परिवार के सामने यह पत्र पढ़ा और समय लेकर अपनी प्रतिक्रिया बताने को कहकर उठ गये। उनकी पत्नी ने तो खूब भला-बुरा कहा बनारसवालों को, पर सुखदा रोज़ की तरह रात को सोते समय पानी का लोटा और गिलास रखने आयी तो उनके पैताने बैठ गयी। चौंके केशव जी "कुछ कहना है सुखी?"

"हाँ पापा मैंने सोच लिया– मैं शादी करूँगी। इसी घर में।" केशव जी उठकर बैठ गये। "पापा ईमानदारी का कोई मूल्य होता है या नहीं। जिस घर में ऐसी माँ हो वह घर मेरे लिये एकदम सटीक है पापा। उस घर को मेरी ज़रूरत है पापा। मैं वहीं जाना चाहती हूँ जहाँ यह सब-कुछ हो और जहाँ मेरी पढ़ाई की वकत भी हो।" मन शायद केशव जी का भी कुछ यही था पर कोई फ़ैसला कर नहीं पा रहे थे। सुखदा ने उबार लिया। केशव उपाध्याय ने आगे बढ़कर सुखदा को गले लगा लिया। फिर दूर हटकर बोले– "इतनी सयानी कब हो गयी मेरी बिटिया? मुझे पता ही न चला।"

आँखों में आ गए ये आँसुओं को गमछे से पोछकर बोले, "तो अब मैं शादी की तैयारी करूँ?"

ईमानदारी का खरा रिश्ता

किसी को पता नहीं चला अचानक एक दिन केशव उपाध्याय प्रकट हुए और बसन्त को पाँच सौ एक रुपये से टीका कर मिठाई का डिब्बा दे वापस चले गये। कल्याणी से कह गये इसी नवरात्र के बाद की तारीख़ निकलवा लीजिये। हम यहीं आकर बनारस से शादी करेंगे। कल्याणी के जीवन में जैसे ख़ुशी की लहर दौड़ गयी।

पर इस बीच बृजभान की तबीयत गिरने लगी थी। वैद्य जी ने कहा कि, "कुछ दिन बनारस की भीड़-भाड़ की ज़िन्दगी से अलग खुली हवा में जाकर देखिये। शायद कुछ फ़ायदा हो।" भवाली जाना तय हो गया पर बसन्त की शादी के बाद। कम-से-कम अपनी बहू को देखकर तो जायें।

बसन्त की शादी बड़ी धूमधाम से हुई। सूरजभान ने लड़की के तरफ़ का भी सारा इन्तज़ाम अपने ज़िम्मे उठा लिया था। ऐसे शादी की जैसे कि उनके अपने ही बेटे की हो।

सुखदा के क़दम घर के लिए बड़े शुभ साबित हुए। उस साल बसन्त को अपने जवाहरात के धन्धे में बहुत फ़ायदा हुआ। जिस मकान में वे किरायेदार की हैसियत से रह रहे थे, उसे उन्होंने ख़रीद लिया। कल्याणी को ज़िन्दगी में पहली बार समृद्धि का सुख मिला। एक तो सुखदा जैसी प्यारी-सी बहू, दूसरे एक मकान की मालकिन होने का एहसास। मकान बसन्त ने उन्हीं के नाम पर लिया था।

घर में जैसे सुख की धीमी-धीमी थपकी-सी आने लगी। पर बृजभान की गिरती सेहत ने सबकी नींद भगा दी।

गंगा तट से भव्य भवाली

अन्त में भवाली जाने का समय आ ही गया। डॉक्टरों ने कम-से-कम दो महीने के लिए उन्हें सैनेटोरियम में रखने की सलाह दी। कामकाज देखने के लिए बसन्त का वहाँ रुकना तो मुश्किल था। कल्याणी को जाना ही था। ऐसे में बहू घर

पर अकेली न रह जाये इसके लिए रत्ना को बुला लिया गया। हफ़्ते भर के लिए दुकान का काम बन्द कर बसन्त भी साथ गया पर उसे वापस आना ही था। चीज़ों को उस हिसाब से व्यवस्थित किया गया।

भवाली जाना कल्याणी के लिए बिल्कुल विदेश जाने जैसा था। बनारस और अलवर के अपने घर के अलावा कभी कहीं तीसरी जगह वह गयी ही कहाँ। मायके भी वह एक-दो बार ही तो जा पायी थी, वह भी दौड़ते-भागते। अब इतनी दूर का सफ़र। न जाने कैसी जगह। वह भी एक-दो दिन के लिए नहीं महीने-दो-महीने के लिए। कल्याणी ऐसे घबरा रही थी जैसे कि इम्तहान देने जा रही हो। सुखदा ने किताब खोलकर नक्शे में दिखाया उसे, ''घबराने की कोई बात नहीं माँ। अपने देश का हिस्सा है। अपने ही जैसे लोग हैं। हिमालय की गोद में है यह जगह। ख़ूब सुन्दर, ख़ूब हरियाली भरी। आपको बहुत अच्छा लगेगा। बदरी केदारनाथ का नाम सुना है ना?''

''हाँ चारों-धाम की चर्चा तो यहाँ रोज़ ही निकलती है। बल्कि मेरा बड़ा मन था चारों धाम-यात्रा का।'' "बस वैसे ही पहाड़ी जगह है।" सुखदा ने बताया।

''अब एक बार घर से बाहर निकल रही हो तो आगे-पीछे वह भी हो जायेगा माँ। वहाँ पास ही एक बहुत ख़ूबसूरत पहाड़ी जगह है नैनीताल। अंग्रेज़ों ने बनाया बसाया। अंग्रेज़ लोग गर्मियों में वहीं जाकर रहते हैं।'' सुखदा ने और बताया।

कल्याणी के दिमाग़ में आया जहाँ अंग्रेज़ लोग गर्मियाँ बिताने जाते हों वह जगह ज़रूर बहुत सुन्दर होगी। क्यों ना बसन्त और सुखदा को लिये चलें। इन दोनों का घूमना भी हो जायेगा। साथ-का-साथ, मस्ती-की-मस्ती।

दरअसल सूरजभान के साथ अकेले होने की कल्पना से उसे सिहरन हो रही थी। ऐसी जैसी कि पहले उसे कभी नहीं हुई थी। उसे लगता था कोई तीसरा ज़रूर हो उनके बीच। यों तो बृजभान साथ हैं पर उन्हें सैनेटोरियम में भर्ती कर लिया गया तो वह सूरजभान के साथ अकेली ही तो हो जायेगी। सारी बातें सोच-सोच घबराहट होने लगी कल्याणी को। घबराहट को परे रख दिया कल्याणी ने। अब जो होगा देखा जायेगा।

बरेली तक ट्रेन से जाकर आगे की यात्रा बस से की गयी। काठगोदाम से ऊपर का रास्ता इतना सुन्दर था कि कल्याणी बाहर के दृश्यों से आँख ही न उठा पाती। चीड़, देवदार, बाँज, बुरुँस के पेड़ जैसे किसी स्कूल में लाइन में लगे बच्चों की तरह किनारे से खड़े दिखते तो कल्याणी किसी बच्चे की तरह खिल पड़ती। वह भूल जाती कि उसके साथ एक बीमार भी है जो यात्रा की वजह से और तक़लीफ़ में है। सुखदा और बसन्त को सूरजभान ने अलग से एक गाड़ी कर दी नैनीताल जाने के लिए। नैनीताल में उनके रहने की व्यवस्था भी कर दी थी। भवाली में अपने एक पुराने ग्राहक के मकान के ऊपर के हिस्से में अपने कल्याणी और बृजभान के ठहरने की व्यवस्था कर ली थी।

भवाली सैनेटोरियम से थोड़ा पहले हाथ भर की दूरी पर था शाह जी का मकान। नीचे दुकान थी, जिसमें पूजा-पाठ की सामग्री रखते थे शाह जी। उनके बेटे की एक दुकान नैनीताल के मल्लीताल पर थी जिसमें वह बनारसी साड़ियाँ रखता था। दोनों ही दुकानों का सामान शाह जी बनारस में सूरजभान से ही उठाते थे। उस दौरान वे सूरजभान के ही मेहमान होते थे। उसी नाते उन्होंने सारी व्यवस्था कर दी थी। दुकान के बग़ल से सीढ़ी ऊपर के हिस्से को जाती थी—एक ठीक-ठाक-सा कमरा, लगा हुआ किचेन और बाथरूम। कमरे से बाहर, दुकान के ऊपर को बारजा जैसा था। जहाँ कुर्सी डालकर बैठा जा सकता था। नहा-धोकर घर से लाया हुआ नाश्ता कर लिया गया। बृजभान को गरमागरम एक गिलास दूध पोस्ता मिलाकर दिया। रोज़ की दवाइयाँ भी, और निकल पड़े तीनों सैनेटोरियम की ओर। पैदल ही। कल्याणी ने जाना यहाँ पैदल चलना सुखकर है, थकाऊ नहीं। ज़्यादातर लोग पैदल ही चलते हैं या टट्टू से।

सैनेटोरियम में पहाड़ी-दर-पहाड़ी बने हरे दरीचों पर ढेरों बीमार बैठे दिखे। अन्दर ओ.पी.डी. में भी लाइन लगी हुई थी। बृजभान की शक्ल पहली बार उतरी हुई दिख रही थी। कल्याणी ने देखा बृजभान के माथे पर पसीने की बूँदें चुहचुहा रही थीं जबकि मौसम इतना गर्म न था। अपनी साड़ी के पल्ले से पोंछते हुए कहा— "क्यों जी! इतना घबरा क्यों रहे हो। तुम्हें ठीक होने के लिए यहाँ लाये हैं। कोई जंगल में छोड़ने थोड़ी न आये हैं। भगवान् चाहेगा तो तुम यहाँ से अच्छे होकर वापस चलोगे।" समझाने को कह दिया, पर घबराहट तो ख़ुद कल्याणी को भी हो रही थी। सामने पर्वतों के पीछे से तरोताज़ा सूरज निकल रहा था। कल्याणी ने सच्चे मन से सूरज देवता से प्रार्थना की— "भगवान् सब-कुछ ठीक गुज़रे" इस प्रार्थना में बृजभान

की बेहतरी की कामना के साथ-साथ कोई एक आशंका भी थी। और कल्याणी को बिल्कुल पता नहीं था कि उस शंका के किस ओर "सब-कुछ ठीक था", "इधर या उधर?" उसने एक सच्चे आस्तिक की तरह सब-कुछ भगवान् पर छोड़कर प्रार्थना में हाथ जोड़ दिये। "भगवान् सच्ची राह चलाना।"

सूरजभान नम्बर लेकर आये। बृजभान को अन्दर ले जाया गया। वहाँ से निकले तो अस्पताल के कपड़ों में। उन्हें ह्वील चेयर पर वार्ड में ले जाया गया। एडमिट कर लिया था उन्हें। जान-बूझकर प्राइवेट वार्ड नहीं लिया गया एक तो ख़र्चा बहुत बढ़ जाता। दूसरे वहाँ एकदम अकेले पड़ जाते बृजभान। उनका जी और न लगता। जाँच होने में एक हफ़्ता लगना था। इस सब में सिवाय रोगी के पास बैठे रहने के साथवालों को कुछ न करना था। अस्पताल के कपड़ों में पति को देखकर कल्याणी का मन भर आया। बग़ल में बैठे सूरजभान ने माहौल हल्का करने की कोशिश की "और पण्डित जी! नक्शे हो गये तुम्हारे तो। अंग्रेज़ लग रहे हो इन कपड़ों में। बैठे-बैठे खाना। ख़ूबसूरतवादियों में रहना। क्या ठाठ हैं?" पर बृजभान का मन हल्का नहीं हुआ तो नहीं ही हुआ।

रात कल्याणी अस्पताल में रही। सुबह तैयार होकर सूरजभान नाश्ता लेकर आ गये। साथ शाह जी को ले आये थे, कल्याणी को साथ वापस ले जाने के लिए। वार्ड के बाहर आकर उन्होंने कल्याणी से कहा, "भाग्यवान्! रोने की ज़रूरत ना है। अब तो हिम्मत की ज़रूरत है। तुम्हें शाह जी के घर से यहाँ और यहाँ से शाह जी के घर अकेले आने-जाने की आदत डालनी पड़ेगी। सब कर लोगी तुम। बस हिम्मत ना छोड़ना। इतना कठिन समय तुमने साध लिया, अब क्या मुश्किल है।" अब तो जो धुआँ-धुआँ-सा घुमड़ रहा था जरा-सी संवेदना से फटकर बरस पड़ा। कल्याणी बच्चों की तरह रोने लगी। सूरजभान का मन हुआ उसे कन्धे से लगाकर सान्त्वना दे पर गलियारे की भीड़ और शाह जी की उपस्थिति में ऐसा कर नहीं पाये।

"जाओ। शाह जी के साथ घर जाओ। सुबह नहा-धोकर पूजा-पाठ नाश्ता-पानी करके आ जाना। ले जाओ शाह जी।"

कल्याणी धीरे-धीरे पहाड़ी रास्ते की चढ़ाई चढ़ती घर पहुँची। सब काम निपटाये। खाना बनाया। ख़्याल आया सूरजभान घर आ जाते तो गर्म-गर्म खाना खा जाते। शाह जी से कहलवाया तो सूरजभान आ गये।

हाथ-मुँह धोकर बैठ गये खाना खाने। "तुम भी साथ खा लो पण्डितानी।" "नहीं तुम खा लो फिर उसी बर्तन को धोकर हम खा लेंगे। बर्तनों की कमी है यहाँ कुछ खरीदने पड़ेंगे।" कल्याणी ने जवाब दिया। कल्याणी और सूरजभान दोनों ही चुप थे। खाना परसते हुए और खाना खाते हुए दोनों के दिमाग़ों में न जाने क्या चल रहा था... या शायद कुछ भी नहीं चल रहा था। बस एक समय था जो बह रहा था उन दोनों ... नहीं उन तीनों के बीच। और वह बहना किसी के हाथ में नहीं था। तीनों ने इस स्थिति को स्वीकार लिया था। अपनी-अपनी तरह से।

करवट समय की

तीसरे दिन नौकुचिया ताल, सात ताल, भीमताल होते हुए सुखदा और बसन्त भवाली आ गये थे। दोनों को अस्पताल में देखकर सबका मन खिल उठा। बच्चों की तरह चहक-चहककर बता रही थी सुखदा क्या कुछ कैसा है। बच्ची ही तो ठहरी आख़िर। बसन्त ज़रूर गम्भीर होकर माँ से पिता का हालचाल लेता रहा। माँ की ओर देखा तो लगा दो दिन में ही माँ का चेहरा काफ़ी उतर गया है। उसे माँ पर दया आ गयी, "इतनी ख़ूबसूरत जगह आयी भी तो किस काम से। ज़िन्दगी में कभी सुख नहीं देखा, संघर्ष ही करती रही बस। सोचो तो उम्र ही क्या हुई है अभी माँ की। जवानी ही कही जायेगी। एकदम से ख़याल आया उसे– उन्हें दो दिन को नैनीताल भेज दें। आराम भी कर लेगी और झील भी देख लेगी। मन बदल जायेगा थोड़ा। बोला–"अम्माँ ज़रा ठिकाने पर चलकर सुखदा को सब समझा दो तो।" "क्यों रे! क्यों बता दूँ उसे। मैं हूँ ना यहाँ" कल्याणी ने जवाब दिया।

"ना, मेरा कहना है कि अब हम और सुखदा रहेंगे बाबू जी के पास दो दिन। तुम और चाचा जी नैनीताल चले जाओ। वहाँ होटल में कमरा बुक ही है। तुम और चाचा जी आ जाओगे तो हम वापस चले जायेंगे।

इस प्रस्ताव पर कल्याणी हतप्रभ रह गयी। कह क्या रहा है बसन्त! "पागल हो गया है क्या! कुछ सोच-समझकर कह रहा है या बिना कुछ सोचे।" निश्चल भाव से तिरछी निगाह कर बेटे की सूरत पर कुछ पढ़ने की कोशिश करती रही कल्याणी– वहाँ कुछ भी लिखा न था।

"इसमें इतना घूरने जैसी क्या बात हो गयी? तुम और चाचा जी कुछ पराये हो क्या?" बसन्त ने तिरछी निगाहों को जवाब दिया। अब तक सुखदा जान चुकी

थी कि बसन्त मन का ऐसा ही साफ़ है। उसने सचमुच बिना कुछ सोचे-समझे ही कहा होगा। सुखदा का स्त्री-मन उससे ज़्यादा दुनियादार है और वह समझता है स्त्री के मन को। उसने उस मन की दुविधा को समझते-बूझते भी बसन्त का साथ दिया— "हाँ, माँ अभी आगे आपको ही तो करना है सब-कुछ। अभी थोड़ा आराम कर लेंगी तो मन बदल जायेगा। जी तरोताज़ा हो जायेगा, आगे की ज़िम्मेदारी निभाने को।" संस्कारी औरत के लिए बड़ा कठिन है संस्कारों के बन्धन से मुक्त होकर जीवन से कुछ पल मन के छीन लेना। लोक-लाज और सामाजिक मर्यादा के चलते कितनी ही औरतों ने सामने आ गये सहज सुख से मुँह मोड़ा है। सुखदा पढ़ती रही है बहुत-कुछ। और उससे अधिक गुनती रही है। चाहे गान्धारी का आजीवन आँखों पर पट्टी बाँधे रहना हो, या सीता का अपनी इच्छा से राम के साथ वन जाना – हर कहानी में निर्णय हमेशा पुरुष सापेक्ष रहा। कभी किसी निर्णय के केन्द्र में स्त्री की अपनी इच्छा-अनिच्छा नहीं रही। इतना सब-कुछ एकदम से बसन्त को समझा पाना उससे कुछ अधिक की आशा करना है। सुखदा को लगता है बसन्त में सम्भावना है, दुनियादारी की समझ नहीं। उसे धीरे-धीरे गढ़ना पड़ेगा। पिछले दो दिनों के नैनीताल के साथ में उसने जाना है, बसन्त अभी "मन-ही-मन" है। शरीर के राज अभी उस पर नहीं खुले हैं। इसीलिए वह जानती है कि वह जो कुछ भी कह रहा है उसके पीछे सीधा-सादा तर्क है, अम्माँ के मन बदलने का और वह यह जानता है कि चाचा अम्माँ के सहज अभिन्न-आत्मीय जन हैं। इससे आगे वह कुछ नहीं सोच पाता।

कल्याणी सोच पाती है और इसीलिए वह नहीं गयी। एक हफ़्ते बाद सुखदा-बसन्त बनारस लौट गये। भवाली में कार्यक्रम नित्य वैसे ही चलता रहा। रात में कल्याणी बृजभान के पास होती दिन में सूरजभान। ख़ाली होती तो दिन में कल्याणी भी उन दोनों के साथ अस्पताल के सामने लॉन में बैठी रहती। जैसे-जैसे इस नित्य क्रम में कल्याणी परिचित होती जा रही थी वैसे-वैसे जीवन सहज होने लगा था। तीनों के बीच एक सहज मैत्री-सी बनती जा रही थी। कल्याणी ने सूरजभान को सुझाया भी कि चाहे तो वह बनारस लौट जाये, कामकाज ठप पड़ा हुआ है। पर सूरजभान को लगता "कौन-सा काम रुका है? और कितना काम करना है उसे? किसके लिए? यह जो समय अयाचित उसकी झोली में आ गिरा है वह उस सारे दुनियावी दायित्वों से कहीं ज़्यादा अर्थमय लग रहा था। सबसे अधिक भला लगता है कल्याणी का उसके प्रति विकार-रहित होते जाना। ईमानदारी की बात, अपने आप

से झूठ क्या बोलना, उन्हें अच्छा लग रहा था, कल्याणी के साथ होना। राग-अनुराग की इस दुनिया पर सब-कुछ निछावर जिसमें सब-कुछ उजला है। कुछ भी काला नहीं। उन्हें लग रहा था जैसे विधि ने एक दूसरा जीवन उनके हिस्से में डाल दिया। यहाँ से उनके जीवन का एक नया अध्याय शुरू हो रहा है। वह फिर से जवानी की ओर मुड़ रहे थे। शरीर से नहीं, मन से।

बृजभान को इलाज के साथ-साथ खुली आबो-हवा रास आ रही थी। शरीर के साथ-साथ मन भी निरोग होने लगा था। ऐसे अपने रोज़मर्रा की ज़िन्दगी और रूटीन से अलग होकर रहो कुछ दिन तो समझ में आता है कि रोज़मर्रा की खींचतान हमारी कितनी जिजीविषा हर लेती है। पर वह ज़रूरी भी है। उसके बिना ज़िन्दगी चल भी नहीं सकती। इसीलिए जो चाहे कितना लम्बा समय उससे दूर तनाव रहित होकर हल्के-फुल्के से बिता ले, वापस तो वहीं जाना पड़ता है।

सूरजभान को भी जाना तो था ही। जाने के पहले मौसम अचानक बदल गया था। पहाड़ के लोग बताते हैं ऐसा वहाँ अक्सर होता है। शाम से अन्धाधुन्ध बारिश होने लगी थी। पहाड़ों की बारिश सुना था कल्याणी ने– झपकी जैसी आती है। होती है और गुज़र जाती है– जैसे कि कुछ हुआ ही न हो।

पर उस दिन गरज बरस, आँधी बिजली के साथ बारिश हुईं रास्तों में बड़े-बड़े पेड़ टूटकर गिर पड़े। सूरजभान अस्पताल से आ गये थे, अब कल्याणी को रात-भर के लिए जाना था। पर जाना हो न सका। शाह जी कल्याणी को अस्पताल पहुँचाने को तैयार थे– पर उनकी भी हिम्मत न पड़ी। बारिश के साथ-साथ ओले भी पड़ रहे थे। ठण्ड बढ़ गयी थी अचानक से। आख़िर में तय पाया गया कि खाना दूध वगैरह तो मिल ही जायेगा बृजभान को। दवाइयाँ रात में नर्स ही देती हैं। सोना ही तो है, सो जायेंगे बृजभान। सुबह बारिश रुकने पर सूरजभान चले जायेंगे।

एकतरफ़ा दिमाग़ चलता है कल्याणी का। अभी तक "जायें नहीं जायें" पर ही अटका था। एक बार जब तय हो गया कि कोई नहीं जायेगा तब दिमाग़ गया दूसरी तरफ़। छोटा-सा कमरा सोने को एक ही तख़्त। दो जने सोयेंगे कहाँ? कैसे?

सोने के नाम पर कल्याणी को झुरझुरी हो आयी। बृजभान के आसपास सोने का एक ही अभिप्राय होता था।

"साथ नहीं सोना है क्या?"

"आज सोने का मन नहीं है" या "सोने लायक़ नहीं हो?"

"हमारे साथ सोना-बैठना ज़रा नहीं भाता तुम्हें।"

सारे कथन उसी एक मन्तव्य से। कल्याणी ने यह कर्म हमेशा थोपे गये कर्म की तरह निभाया। आज सूरजभान के सन्दर्भ में इस क्रिया के नये अर्थ खुलते दिखायी पड़ रहे थे। कल्याणी के मन में सूरजभान को लेकर एक गाँठ थी, वह शायद खुलने को थी और एक सुख के अर्थ में खुलने को थी। पर उसका पारम्परिक मन उसे स्वीकारने से डर रहा था। बल्कि इन्कार कर रहा था।

लोक-लाज और मर्यादा की चिन्ता दूसरी तरफ़ भी थी। सूरजभान छाता लेकर बारिश में सीढ़ियों से उतरकर शाह जी के दरवाज़े तक गये कि उनकी तरफ़ सो रहें। पर पानी ज़ोरों से बरसता देख शायद शाह जी, पत्नी सहित घर बत्ती बन्द कर सो चुके थे। दरवाज़ा नहीं खुला तो सूरजभान को ऊपर वापस आना पड़ा। कल्याणी पता नहीं ख़ुश हुई या भयभीत पर कर कुछ नहीं सकी।

नियति ने अचानक रास्ता बदल लिया था। अयाचित एक रात उनके हिस्से में आ गिरी थी। कल की सुबह कैसी होगी पता नहीं— अभी तो पहाड़-सी भादों की रात सामने थी और एक कमरे में थे कल्याणी और सूरजभान।

बड़ी ऊहापोह की स्थिति में कल्याणी ज़मीन पर चादर शाल बिछाने की तैयारी कर रही थी। हालाँकि ज़मीन बर्फ़ की तरह ठण्डी थी। उस पर नंगे पाँव खड़े होना भी मुश्किल लग रहा था।

सूरजभान उसकी इस हरकत पर किसी समझदार बुज़ुर्ग-से हँसते रहे। अन्त में उसका हाथ पकड़कर उठा लिया, "पागल मत बनो, पण्डितानी। रात भर में ठण्ड से जमकर बर्फ़ हो जाओगी, पण्डित जी को क्या जवाब दूँगा। चलो उठो। इधर, ऊपर आओ।" कल्याणी की सफ़ेद होती शक्ल को देखकर बोले, "घबराओ मत पण्डितानी अधम हूँ पर इतना भी नहीं की तुम्हारा धर्म बिगाड़ूँ।" तख़्त बड़ा था उसका एक कोना पकड़ दीवार की टेक लगा कल्याणी ने रजाई कन्धे तक खींच ली। अविश्वास से मन डाँवाँडोल था, पर यक़ीन करने के अलावा कोई और रास्ता भी नहीं था।

सूरजभान ने खिड़की दरवाज़ा ठीक से बन्द किया– बिस्तर के दूसरे छोर पर रजाई पैरों पर डालते, दीवार से तकिया लगा टिक गये। फिर बोले– ''ज़िन्दगी ने बहुत-कुछ सिखाया है पण्डितानी, अब उम्र नहीं और वह छिछोरापन भी नहीं रहा। बात यह भी कि शरीर का सुख ही सब-कुछ होता तो हम-तुम बहुत सुखी होते। पर है क्या?'' कल्याणी को याद आये वे सारे पल, शरीर के, जिसमें उसकी आत्मा कभी साथ नहीं रही। और आज इस समय जैसे उसके अस्तित्व का एक-एक कण किसी एक बिन्दु पर आकर एकत्र हो गया है। इन्द्रधनुष के सात रंग मिलकर एक श्वेत प्रकाश किरण बन जैसे मन के प्रिज़्म से बाहर आना चाहते हैं। लग रहा था उसका मन शरीर से बाहर ही निकल आयेगा। मन और शरीर कभी कैसे एक हो जाते हैं आज पहली बार कल्याणी को अनुभव हो रहा था। ऐसे में कोई शरीर को कैसे टाले? और क्यों टाले? ख़यालों में जाने कितनी ही दफ़ा कल्याणी ने बिस्तर पर साथ सोये बृजभान की जगह सूरजभान की कल्पना की। और उससे लिपटकर सोयी है। बृजभान ने समझा उससे लिपटी है। ''चलो लेटा जाये'' कहकर रजाई ऊपर तक खींच लेट गये सूरजभान।

रजाई में एक-दूसरे की तरफ़ पीठ करके लेटे दोनों। नींद किसी की आँख में नहीं। कल्याणी के दिमाग़ में आशंका– ''अभी पलटकर सूरजभान अगर उसे दोनों बाँहों में जकड़ ले तो? तो क्या होगा? क्या होगी उसकी प्रतिक्रिया? प्रतिकार! विरोध! या समर्पण? मन तो जैसे उसकी तरफ़ भागा ही जा रहा है। समर्पण कर दे तो क्या किसी को पता चलेगा, अगर सूरजभान ही न बता दें। पर फिर क्या इज़्ज़त रह जायेगी उसकी सूरजभान की आँखों में? वह निगाह मिला पायेगी क्या कल बृजभान से? अपने बेटे-बहू से? पर मन तो सब-कुछ तोड़-ताड़ डालना चाहता है। वैसे भी उसकी जैसी स्थिति में कोई भी औरत क्या कर सकती है, चिर-मनोवांछित पुरुष के आगे।

उधर सूरजभान के दिमाग़ में यह कि, "ऐसा भी क्या पौरुष! चिर-प्रतीता स्त्री को स्थितिवश पा लिया तो क्या सचमुच पाना हुआ। ऐसा अधीर वह कभी हो सकता था, अब नहीं।" गुनाहगार हूँ उसका। शरीर बलात् पा लूँ तो भी मन पा सकूँगा क्या? एक कठिन ज़िन्दगी में तो ढकेल ही दिया था उसे। अब उसका नेमधर्म तोड़ने का गुनाहगार क्यों बनूँ? जीतना तो उसका मन है, शरीर भर पाया तो क्या? ज़िन्दगी ने उसे एक मौक़ा दिया है– और समय भी, अब इसे गँवाना नहीं है।

कल्याणी को याद आया– ''तुम्हारा धर्म नहीं बिगाड़ूँगा सेठानी।'' ऊहापोह! धरम कैसा धरम। किसका बनाया? सारा नेक धरम हम औरतों के लिए ही। मर्द

के लिए कोई धर्म नहीं। ख़ूब देखा है बनारस में उसने – बीबी घर पर और दालमण्डी में नित नयी कोई और। "कोई एक" नहीं, कई-कई। और धर्म के नाम पर छोटी-छोटी उमर की विधवाएँ– मीरगंज की ग़ली में, लोगों की छाया को अपने से बचाती, गंगा नदी को जाती, जैसे कोई पाप किया है उन्होंने। धरती पर बोझा हों जैसे। पहाड़-सा जीवन काट देती हैं कीर्त्तन-भजन करते। मन नहीं होता उनके? शरीर ज़ोर नहीं मारता कभी? मन मार लेती हैं सब। आदमी नहीं होता अछूत बीबी के मरने के बाद। शान से दूसरी शादी कर ले आता है कोई कुँआरी-किशोरी कन्या, फिर से वासना-पूर्ति के लिए। कभी-कभी पहली बीबी के होते ही कि वह बेटा नहीं दे सकी या बाँझ थी। सूरजभान ने तो ऐसा नहीं किया। कोई जोड़ नहीं था उनका मन्नो बीबी से। पर इज़्ज़त से रखा उन्हें जीवन भर। सुना, वह ही ख़ुश नहीं रहती थी, सूरजभान से।

सूरजभान के शरीर में अजब-सी हरारत थी। उसे ताज़्जुब हो रहा था, इस बात पर कि तब कहाँ रहती थी यह हरारत जब वे मनोरमा के पास होते थे? ईमानदारी से चाहकर भी मनोरमा जैसे उनमें कोई हरारत न जगा पाती। यही शिकायत रही मनोरमा को जीवन भर उनसे, ''बाहर-ही-बाहर जी लगता है तुम्हारा। हमारे संग सोना-बैठना तो तुम्हें जैसे बोझ लगता है। साधू क्यों न हो गये तुम?'' कभी-कभी ताने देती कल्याणी के नाम का, ''वहीं राजा दरवज़्ज़ेवाली के पास मन बसता है तुम्हारा। जाओ न उसी के पास। सेठ साहूकार हो तुम्हें कौन क्या कह सकता है– आख़िर भयोहू ही तो है– रिश्ता बनता है तुम्हारा। फिर तुम्हें दुनिया की कौन शरम लाज? वह तो सब हम औरतों के लिए है।'' अच्छा नहीं लगता सूरजभान को कल्याणी का इस तरह नाम लिया जाना।

''उसका नाम बीच में क्यों लाती हो। मुझे पसन्द नहीं है। खबरदार जो आइन्दा उसका नाम लिया तो।'' और चप्पलें पहन निकल जाते कोठी से बाहर दिन भर के लिए।

ईमानदारी की बात है कि इतने बरसों उसने राजा दरवज्जे की तरफ़ कभी रास्ता भी न लिया। न ही कल्याणी ने कभी उनका सामना किया। एक ही शहर में रहकर कोई खोज-खबर न रही एक-दूसरे की। और आज इतने पास हैं कि साँस की आवाज़ सुनायी पड़ रही है–

''देखूँ उसकी शकल पास से– इतने बरसों में कितनी बदली।'' हल्के से करवट बदल ली सूरजभान ने। कल्याणी की पीठ थी इस तरफ़। कल्याणी की साँस रुकती-सी हुई– ''हे भोले बाबा– क्या मन में है इस आदमी के? भगवान्, कैसी

परीक्षा में डाला है मुझे आज। आज कुछ घट जाये तो अहिल्या न बनाना हमे। आखिर हैं तो इन्सान ही। तुम्हारी तरह पत्थर तो नहीं।" कोई हरकत होती न देख लम्बी साँस ली। ठण्ड अब कम हो रही थी। पर तब भी कँपकँपी-सी लग रही थी। आँख बन्द कर सोने का नाटक करती रही। सूरजभान ने देखा– खुला हुआ सिर कल्याणी का, वैसे हमेशा ही ढका देखा है। बाल घुँघराले घने काले हैं। अभी एक भी बाल सफेद नहीं हुआ। उम्र ही क्या है अभी- सत्रह और बीस कोई तैतीस बरस –सूरजभान ने प्यार से सिर पर हाथ धरा हल्के से। कल्याणी घबराकर पलट आयी। आँख-से-आँख मिली, भरपूर देखा एक-दूसरे को। न जाने कौन से भाव से अन्दर कुछ द्रवित हुआ और ये क्या ... कल्याणी की आँखों से आँसू बह निकले- चेहरे पर एक साथ कई भाव। अनुनय-विनय-शिकायत-उलाहना-पीड़ा और प्यार। सूरजभान को ग्रहण करते समय न लगा। हाथ बढ़ाकर पोंछा बहती धार को प्यार से कहा- "बस, अब और नहीं कल्याणी। अब और दुःख नहीं। अब सब कुछ अच्छा होगा। सब-कुछ वही होगा जो तुम चाहोगी।" आश्वस्ति का एक ख़ज़ाना जैसे कल्याणी के हाथ लग गया। मन पर रखा सारा बोझ आँसुओं के साथ बह गया। साथ ही मन का विकार भी। न उसने कोशिश की न कल्याणी ने, पर सुबह जब आँख खुली– कल्याणी सूरजभान की बाँहों में थी। आसमान पर खिली धूप थी और आसमान एकदम साफ़ था। कल्याणी का मन भी ऐसा ही था। ताज़्जुब कि उसके मन में ना ही पश्चात्ताप था न कोई अपराधबोध। जिसके लिए डरी हुई थी वह कुछ नहीं हुआ। पर बहुत कुछ हुआ। एक लम्बी यात्रा तय कर ली दोनों ने साथ-साथ।

कल रात की धुआँधार बारिश के बाद आज का दिन एकदम खुला-धुला-सा निकला। आसमान एकदम साफ़ था। चमकीली सुबह जगमगा रही थी।

कल्याणी का मन भी आसमान की तरह धुला-धुला था, सूरज की रोशनी से नहाया गो कि कल कि रात बादल बहुत घने थे। एक दूसरा ही रूप निकल आया था कल्याणी के जीवन का आज। उसकी ज़िन्दगी की फ़िल्म में जैसे एक बड़ा इण्टरवल आया और आज से इण्टरवल के बाद का दूसरा हिस्सा शुरू हो रहा है। उसकी अन्तरात्मा पर कोई बोझ नहीं था। शुक्र भगवान् का कल कुछ नहीं घटा उनके बीच। पर क्या सचमुच कुछ नहीं घटा? सिर्फ़ उतने को ही कुछ घटा हुआ मानते हैं? उससे इतर "कुछ" की कोई गिनती नहीं?

आज बरगदही अमावस्या थी, शाह जी की पत्नी ने बताया। कल्याणी ने सिर धोकर नहाया। गीले बालों में ही सिन्दूर लगाया- हमेशा की तरह बिन्दी लगायी और

शाहनी के साथ गयी बरगद की पूजा करने। सूरजभान के हाथों चाय-नाश्ता भिजवा दिया था सैनेटोरियम।

अस्पताल आयी दोपहर तो बृजभान कुपित दिखे। "कहाँ रही कल रात? सूरजभान भी नहीं आया।" चिढ़ कर बोले बृजभान।

"बड़ी चिन्ता लगी है इस बात की। यह क्यों न कहते कि ईर्ष्या में जलते रहे रात-भर।" कल्याणी ने छेड़ा।

"ईर्ष्या में क्यों जलूँगा? भाई है मेरा सूरजभान।" बृजभान ने बनने की कोशिश की।

"हाँ तो मेरा भी तो देवर है। भाभी को छोड़ देता आँधी तूफान में अकेला?" बृजभान की शंका का निवारण अभी भी नहीं हुआ था। गुस्सा हुए तो वार्ड में अच्छा खासा हंगामा खड़ा कर सकते थे। कल्याणी ने बात सँभाली। कहा– "चिन्ता मती करो– हम सोये थे शाहनी के संग और लाला जी शाह जी संग ऊपर" खुद चौंक पड़ी कल्याणी– कैसी सफ़ाई से झूठ बोल गयी– ऐसा तो शायद उसने पहली बार किया– गनीमत सूरजभान पास नहीं थे वरना पता नहीं क्या सोचते उसके बारे में। पर इतने से मामला सँभल गया तो कल्याणी ने चैन की साँस ली और दवाइयों को सहेजने-सरियाने में लग गयी।

दोपहर में सूरजभान आये तो कल्याणी ठिकाने को चली, निपट अकेली। जाने कहाँ की हिम्मत आ गयी थी उसमें। अब से वहाँ तक अकेले ही आने-जाने की आदत डालनी थी। सूरजभान वापस जाने को थे। कामकाज छूटा पड़ा था इतने दिनों से – कुछ उसकी भी सुध लेनी थी। दामाद जी वैसे ही कुपित पड़े थे। और अब नाती भी बड़ा हो रहा है। वह भी आवाज़ उठाने लगा है। फिर इस परिवार के लिए भी कहीं कोई घर देखना था। बृजभान के ठीक होकर वापस जाने पर उन्हें कहीं खुले में रखना होगा, ऐसा उनका इलाज कर रहे डॉक्टरों का कहना है। वैसे भी उस घनी आबादीवाले घर पर उन्हें रखना न उनके लिए ठीक होता न आसपास वालों के लिए। सुखदा और बसन्त दोनों की परीक्षाएँ भी पास आ रही हैं। किसी को तो वहाँ होना ज़रूरी है। सूरजभान अचानक गृहस्थ हो चले थे और कल्याणी अचानक सब तरफ से आश्वस्त।

बृजभान के बेड के पास बैठी कल्याणी को याद आती रही कल की रात। लगता सच था या सपना। कोई सपने की रात थी जैसे, उसे अच्छा लगना चाहिए था या बुरा, कुछ समझ नहीं पा रही थी। पर सच है कि उसका मन हल्का ज़रूर था। उसे सब-कुछ अच्छा लग रहा था। जैसे कि सब-कुछ अब सही-सही है अपनी जगह पर ठिकाने से। खिला, खुला और साफ़-साफ़।

छोटी-सी जान को इतना बवाल

तीन मंज़िले बड़े-से घर में अकेले सुखदा का जी घबराता। बसन्त सुबह नाश्ता करके चला जाता– कभी दोपहर में खाने आ जाता, कभी किरपा से मँगवा लेता। सुखदा घर के काम निपटाती, फिर पढ़ती, फिर काम करती, फिर पढ़ती। माँ-बाबू जी थे तो नीचे का तल्ला मनसाइन रहता था। बाबू जी का तख़्त लम्बोतरे कमरे के एक छोर पर था और दूसरा छोर जो आँगन से जुड़ा था, उस तरफ़ सोफ़ा लगा हुआ था। बैठक के दरवाज़े खिड़की गली की तरफ़ थे। शाम-सुबह बाबू जी उसे खोल उसके सामने बैठ जाते और हर आते-जाते से दुआ-सलाम और कुछ लाग-लपेट की बात करते रहते। सुखदा को सारा दिन ऊपर-नीचे करना पड़ता क्योंकि चौका दूसरी मंज़िल पर था और बसन्त-सुखदा का कमरा तीसरी मंज़िल पर। उसके ऊपर छत थी जो मोहल्ले में सबसे ऊँची थी। सुखदा की उम्र ऐसी कि दिन भर ऊपर-नीचे चढ़ते-उतरते पायल की आवाज़ करती थकती न थी। शाम बीतते चाचा जी आते कुछ-न-कुछ खाने का लिये हुए। बाबू जी के लिए गीजेवाला कुछ सामान और घर भर के लिए कभी मीठा, रबड़ी-मलाई या कभी कचौड़ी गली से खीर मोहन या लंका से लौंग-लता या फिर नमकीन। अम्माँ शाम को नहा-धोकर तैयार होती, अच्छी-सी रफ़ारफ़ सूती साड़ी पहनती। माँग में सिन्दूर और माथे पर बड़ा-सा टीका लगा कर नीचे उतरती। कहती यही कि बाबू जी के लिए, पर वास्तव में चाचा जी के लिए। सुखदा का किशोर मन इतना समझता था। चाहे जो भी हो सुखदा को भी लगता – घर में रौनक़ अगर है तो बस चाचा जी से। सुखदा को कितना लाड़ करते चाचा जी। उसके मुँह से कुछ निकल भर जाये उसको चाचा जी पूरा करके ही दम लेते।

पिक्चर देखने का चाव उनको भी था, बसन्त को भी। अक्सर रात के शो का टिकट लेते आते। कभी केवल बसन्त और सुखदा के लिए – कभी ख़ुद भी शामिल हो जाते। पहले अम्माँ नहीं जा पाती थीं बाबू जी को कौन देखता।

कुछ समय बाद जब किरपा आ गया, वह रात में यहीं रहने लगा बाबू जी के पास, तब से अम्माँ भी जाने लगीं कभी-कभी। सुखदा के आगमन के साथ ही जैसे घर में रौनक़ आने लगी है। ऐसा चाचा जी कहते थे– पर दरअसल जीवन में रौनक़ चाचा जी के वापस आने से आने लगी थी। ऐसा सुखदा समझने लगी थी।

आज चाचा जी भवाली से लौटे। हमेशा की तरह शाम को इस घर आये। सुखदा का दिल खिल गया– उनके साथ ही बसन्त भी जल्दी घर आ गया। दुकान जल्दी बन्द कर दी थी।

"क्यों रे बहू, पढ़ाई कैसी चल रही है तेरी? और बसन्त की? जानता हूँ तेरा पास होना तो पक्का है, यह बसन्त जाने क्या करेगा।" पहाड़ की बाल मिठाई का पैकेट थमाते हुए बोले चाचा जी– "ये एक बड़ावाला पैकेट रत्ना के घर पहुँचवा देना। कल जाऊँगा मैं उसे लेने। कह देना तुम लोगों की परीक्षा तक वह यहीं रहेगी बच्चों सहित।" कितना ख़याल रहता है चाचा जी को सबका और नदेसरवाले तुम्हारे मौसा जी को कहा है- वे तुम्हारी दुकान पर बैठेंगे अब तुम्हारे साथ। घर के आदमी हैं– हमारे पुराने पहचान के। तुम्हारी अम्माँ की एक फुफेरी बहन है सरोज। यहीं ब्याही गयी है नदेसर पर। पण्डिताई का काम था उनका। अब कुछ खास रहा नहीं। खाली बैठे समय काटते हैं इधर-उधर। तुम्हारे साथ रहें तो कुछ कमाई कर लेंगे।" तख़्त पर बैठते हुए बोले।

"बेटा कायदे से पेश आना उनसे। नौकर की तरह नहीं, घर के बड़े की तरह। काम बढ़ेगा तुम्हारा तो विश्वास के आदमी भी चाहिए होंगे।"

"जी चाचा जी। पर ग्राहकों से निपटना भी तो आना चाहिए।" बसन्त को अपने एकच्छत्र राज में व्यवधान होता नज़र आ रहा था। उसने प्रतिवाद किया।

"सो उन्हें ख़ूब आता है। सारा समय बतकही में ही तो रहे हैं, तुम्हारे बाप की तरह।" चाचा जी को लोगों की पहचान भी ख़ूब है– किसे कहाँ किस तरह इस्तेमाल करना है यह खूब जानते हैं।

"कैसे हैं बाबू जी अब? कब तक वापस आयेंगे?" सुखदा को ख़याल आया कि अम्माँ और बाबू जी का हाल-चाल तो पूछा ही नहीं तबसे।

"पहले से ठीक हैं। इस बीमारी के बाद मोटापा बहुत चढ़ता है— वह भी थोड़े हो गये हैं। वहाँ की आबोहवा इतनी अच्छी है कि रोग दूर हो ही जाता है। अभी तीन महीने और रखने को कह रहे हैं। तुम्हारी अम्माँ को वहाँ अकेले ही सँभालना पड़ेगा। बेचारी अकेली पड़ गयी हैं।" सूरजभान ने एक साँस में बताया।

"इलाहाबादवाली मौसी जी जानेवाली हैं वहाँ बच्चों के इम्तहान के बाद। चिट्ठी आयी थी उनकी।" बसन्त ने बताया। उसे इम्तहान देने भी इलाहाबाद ही जाना है वापसी पर उन्हें लेता आयेगा। ऐसा सोचा है बसन्त ने।" सुखदा ने बताया। सूरजभान को अच्छा ही लगा। ठीक रहेगा – कुछ दिन दोनों बहनें साथ रहेंगी। समय कट जायेगा।

"चलो अच्छा ही है- मैं छोड़ आऊँगा उनको भवाली। आकर घर भी ढूँढना है खुले में। अगर यहाँ खुले में कोई घर मिल जाये तो पण्डित जी को पहले भी ला सकते हैं।"

"चाचा जी, जीजा जी ने अपने कारख़ाने के लिए राजघाट की तरफ़ कोई बग़ीचेवाला घर देखा है। उसमें शायद कुछ रिहाइशी हिस्सा भी है। गंगा किनारे है, खुला-खुला।" "जीजा जी" मतलब सूरजभान के दामाद पुरुषोत्तम जी से था।" "अच्छा कल बात करता हूँ उससे। ऐसा कुछ जुगाड़ हो जाये तो तुम्हारी अम्माँ बिचारी वापस आ जायें पण्डित जी के संग।"

बग़ीचेवाला घर

राजघाट और सारनाथ के बीच रेल की पटरियों के इधर-उधर बहुत से पुराने घर थे। ज़्यादातर जुलाहों के। ज़्यादातर मुसलमान ही थे। वहीं पर एक बग़ीचेवाला घर था। साड़ीवाले एक व्यापारी का, जिसके बेटे बम्बई बस गये थे। वह मियाँ साहब अपना मकान बेचना चाहते थे, पर कोई ख़रीददार नहीं मिल रहा था। एक तो वह घर क़बिस्तान पर बना था, दूसरे वह रिहाइशी घर की तरह कम, किसी सराय जैसा अधिक था। कई बीघा ज़मीन थी जिसमें पेड़ लगे थे— बड़े-बड़े महुए, खिन्नी, कैथा, जामुन, आम, पाकड़, पीपल, कटहल, चिलबिल आदि के। ऐसे में वह मकान कम, बग़ीचा ज़्यादा लगता था। बड़े-से लोहे के फाटक के खुलते ही दाहिनी तरफ़ दो-तीन

कमरे और एक चौका-सा था तो बायीं तरफ़ लाइन से कई कमरे और उनके सामने बरामदा। बरामदे से उतरकर लम्बा-सा चबूतरा जहाँ रंगाई के बाद शायद साड़ियाँ सूखने के लिए फैलायी जाती रही होंगी। ये दो हिस्से ही रिहायशी थे, बाक़ी खुली ज़मीन। हाँ, बीचोबीच एक गोल तालाब और एक कुआँ भी था। सामने दीवार के पार गंगा का कछार था और दूर बहती गंगा जो बाढ़ के दिनों में दीवार के एकदम पास आ जाती थी। इन्तज़ाम कुछ ऐसा कि कुएँ का पानी पम्प से तालाब में भरा जाता और तालाब से नालियों क्यारियों में जाता था। बाद में वही तालाब बच्चों के खेलने का साधन बना।

पुरानी ऐम्बैसेडर गाड़ी ऊबड़-खाबड़ रास्तों को पार करती फाटक पर पहुँची तो आसपास के लोगों ने समझा, "फिर कोई ख़रीददार आया, लौट जाने को।" सूरजभान आये अपने दामाद के साथ और साथ में बसन्त को भी लाये। दामाद को तो साड़ी के कारोबार के लिए यह जगह पहले ही पसन्द आयी हुई थी पर बसन्त को कुछ जमी नहीं। वह कारोबार के लिहाज़ से नहीं अपने अम्माँ-बाबू के रहने के ख़याल से देख रहा था उस जगह को। ऐसी बेतरतीब बनावट, रिहाइशी हिस्से की! उसे समझ न आया कि इस आड़ी-तिरछी इमारत में उसकी माँ की सुघड़ गृहस्थी बसेगी कैसे। पर कुछ बोला नहीं। चाचा जी के दामाद के सामने वैसे भी वह कम ही बोलता है। चाचा जी पर भरोसा है उसे। जो भी करेंगे सोच-समझकर, ठीक ही करेंगे।

यह जगह सूरजभान को अपने मक़सद के लिए ठीक ही लगी। तुरन्त न सिर्फ़ हामी भर आये, बयाना भी दे आये। पुरुषोत्तम बाबू ने समझा "हमारा गोदाम हो गया", पर बसन्त ने जाना, "उसका दूसरा घर।" उसे ठीक-ठाक कराने का काम आ पड़ा बसन्त और केशव मौसा जी के जिम्मे।

कल्याणी की इलाहाबाद वाली बहन वैभवी यानी विभा, बसन्त की परीक्षा के बाद बनारस आ गयी। वहाँ से सूरजभान के साथ वे भवाली आ गयी। सूरजभान तय करके गये थे कि अब बृजभान को वहाँ से छुट्टी दिलाकर वापस ले आयेंगे। कार से वापस आना था। विभा साथ रहेगी तो कल्याणी को सहारा हो जायेगा, ऐसा सोचा उन्होंने।

विभा के पति का काम ज़्यादातर बाहर-बाहर घूमने का था। वे ज़्यादातर दौरे पर रहते। विभा बच्चों की पढ़ाई के चलते कभी शहर छोड़ बाहर न जा पायी थी।

ज़्यादा-से-ज़्यादा मायके ही जा पाती छुट्टियों में। या फिर बहन के पास बनारस। पहली बार घर से बाहर निकली। पहाड़ देखे। बीमार जीजा को देखने के साथ-साथ पहाड़ का सुख उसे बोनस में मिला। जीजा के भाई सूरजभान उसे हमेशा से ही अच्छे लगते थे। अच्छा समय बिताया उन्होंने साथ-साथ वहाँ। बृजभान भी जैसे प्रसन्नचित्त दिखे विभा को वैसे पहले कभी दिखे थे। एक खुशनुमा माहौल मिला उसे, अपनी उम्मीद से उलट।

कल्याणी जीजी तो पहले से कहीं अधिक सुन्दर हो गयी थीं। पहले जैसे ग़रीबी और गम की एक छाया से घिरी चिड़चिड़ी-सी दिखती थीं, अब नहीं दिखतीं। एक दिन साथ-साथ लेटी तो पूछ ही बैठी-"क्यों जीजी, कुछ होनेवाला है क्या? बड़ी खिली-खिली दिख रही हो आजकल?"

"तो तुम्हें बुरा लगा क्या?" बहनों के बीच की स्पर्द्धा जागी।

"बुरा क्यों लगेगा जीजी? हम तो बस ये जानना चाह रहे थे कि यह ख़ुशी है किस बात की? जीजा के ठीक होने की या सूरज भाई जी के जीवन में आने की?" बहन, बहन की कोमल नस पहचानती हैं हमेशा। कल्याणी ने बहन से कुछ छिपाया भी नहीं "दोनों की ही।"

"ए जीजी चलो अब सूरज भाई से गन्धर्व विवाह कर डालो, उनके भी तो आगे नाथ न पीछे पगहा।"

"पगला गयी हो क्या ए विभा! एक के होते हुए, एक और से ब्याह कर लें।" कल्याणी ने रजाई ऊपर खींची और आँख बन्द कर ली। मन-ही-मन इस विचार की जुगाली करते हुए। सोचकर अच्छा लग रहा था उस बारे में जो होते-होते रह गया था।

"काहे जीजी अगर द्रोपदी पाँच से कर सकती थी तो तुम दो से काहे नहीं कर सकती। एक बेमन से की, अब एक मन की कर लो।" विभा चुहल कर रही थी और अपनी बहन का मन भी टोह रही थी।

"नहीं रे", ठण्डी साँस ले कल्याणी सीधी लेट गयी। "किस्सा कहानी की बात और है। हम साधारण लोग, समाज की भर्त्सना-उलाहना कौन बर्दाश्त करेगा। दूर क्यों जायें, तुम्हारे पति बर्दाश्त करेंगे क्या?" विभा सोचने लगी, जैसे सचमुच ही ऐसा कुछ

होने जा रहा हो। कल्याणी एक "सच न हो पानेवाले सपने" से उकता गयी।

"चलो अब सो जाओ। कल सुबह जल्दी उठना है, समेटना है सब, चलने की तैयारी करनी है। परसों की गाड़ी हो गयी है शायद।"

और दोनों बहनें एक रजाई में गुड़ीमुड़ी हो सो गयीं। कल्याणी फिर उस दिन की याद में खो गयी जिसे उस दिन के बाद हर दिन जीती रही थी। कल्याणी के जेहन से एक दिन को वह रात टली नहीं जब इसी तख़त इसी रजाई में थे वह और सूरजभान। अवांछित-सी हूक—"काश, कुछ हो ही गया होता!!' ऐसा फिर होगा क्या कभी?"

और एक ठण्डी साँस लेकर करवट ले ली कल्याणी ने। और सोचा "गुज़रा हुआ समय कभी वापस नहीं आता!

पर कोई दूसरा समय? वह तो आ सकता है। आता ही है!!

वह दूसरा समय

कार भवाली से चलकर रुकती-रुकाती बनारस पहुँच सीधे राजघाट के बगियावाले मकान पर रुकी। बृजभान के रहने का इन्तज़ाम बायीं तरफ़वाली इमारत में, गुसलख़ाने से लगे कमरे में किया गया था। रसोई और दो कमरेवाला दाहिनी तरफ का हिस्सा, जनाना हिस्सा बन गया। खाने-पीने का सामान चूल्हा-चौका बासन सब बसन्त-सुखदा और रत्ना ने मिलकर सजा दिया था। विभा को यह मकान-बग़ीचा बहुत ही अच्छा लगा। घूमकर पहली बार देखा तो चहककर बोली, "भई जीजी तुम्हारे तो ठाठ हो गये। तुम्हारे बहाने हम भी बगइचा और गंगा का सुख ले लेंगे।" फिर रुककर बोली। "इनको तो ये जगह बहुत ही अच्छी लगेगी।" विभा की उम्र जैसे पीछे को चली गयी थी, बच्ची जैसी चहकने लगी थी। सूरजभान उसे प्रिय लगने लगे थे। उनसे ऐसे ही बात करती जैसे वे बहनोई ही हों। पीछे घटी घटनाओं की सारी कड़वाहट तिरोहित हो गयी थी। हाँलाकि बहुत गहरे कहीं बहनों वाली ईर्ष्या भी व्याप रही थी। अब तक दोनों बहनों में उसे ज़्यादा सुखी और भाग्यशाली माना जाता था। अब आनेवाले दिनों में जीजी ज्यादा समृद्धशाली साबित होनेवाली थीं। जाहिरन उसके सरकारी नौकरीवाले पति के पास सुख-शान्ति जितनी भी हो, समृद्धि इतनी कभी भी न होगी। और यहाँ इस बगिया में सुख के साथ श्री-समृद्धि की भी बरसात थी।

अच्छी-सी गृहस्थी बस गयी थी बगिया में। सुबह उठकर टहलते बृजभान। बगिया के कई चक्कर लगा लेते धीरे-धीरे। ताक़त के लिए खाने के साथ साथ गीजा भी ख़ूब मिलता उन्हें। खा-पीकर जब तक चाहते रेडियो पर ''मन चाहे गीत'' या "बिनाका गीत माला'' सुनते, जब मन होता सो जाते। पास के अहिराने से भैंस का शुद्ध दूध आता और ताज़ी सब्ज़ियाँ गंगा के कछार से। दिन में एक चक्कर बसन्त लगा जाता। शाम को लगभग रोज़ाना सूरजभान आते, खाने-पीने का ढेर सामान लेकर। साड़ियों के काम से कभी-कभार विश्वनाथ बाबू भी आते। काम के बहाने से ही सही दोनों परिवार के सदस्यों में बातचीत होने लगी थी। फ़ोन लगवा दिया था बगियावाले घर और दुकान पर। बृजभान के कमरे की खिड़की पर खस की टट्टी लगवा दी गयी थी। उनका बिस्तर दीवार में बनी अलमारी के साथ कोने में लगा था—दीवार की अलमारी पर उनकी ज़रूरत की सभी चीज़ें। सामने ज़मीन पर भदोही से मँगाकर महँगा कालीन बिछा दिया गया था। दिन में सभी सोनेवाले इसी कालीन पर चादर बिछाकर सोये रहते थे।

सड़कवाली दुकान पर पूजा-पाठ का सामान रख रत्ना के बेटे को वहाँ बिठा दिया गया था। साड़ियों के लिए एक अत्याधुनिक शोरूम खरीद दिया था बसन्त के लिए। रत्ना के पति की वकालत चलती न थी—उन्हें भी वहाँ बिठा दिया था। इस बीच सुखदा ने पास के कॉलेज में बी. ए. ज्वॉइन कर लिया। तीज-त्यौहार, पहनना-ओढ़ना सब धूमधाम से होता अब।

सच-झूठ का धुँधलका

छुट्टियों में बृजभान को देखने के बहाने अलवर से मामा-मामी और इलाहाबाद से मौसी का परिवार यहीं आ गया था। छुट्टियों के दिन सूरजभान भी यहीं रहते और दिन भर कैरम या ताश का खेल चलता या बतकही। विविध व्यंजन या तो बनारस से आते या घर पर बनते। सूरजभान को खाना पकाने का बड़ा शौक था—यह बात यहीं पता चली। तैयारी के साथ किसी-किसी दिन वह कुछ खास बनाने पर जुटते। कभी छोले तो कभी हलुआ, कभी चूड़ा-मटर तो कभी लिट्टी-चोखा। ऐसे में वे ऊपर का कुर्ता उतार, देशी बण्डी में आ जाते और नीचे धोती तो कभी केवल बनारसी गमछा। विशुद्ध ब्राह्मण की तरह जनेऊ हमेशा पहने रहते। जनेऊ में पड़ी उनकी चाभियाँ, कढ़ाई में कलछी चलाते समय एक लय में बजती। सुखदा

को बड़ा मज़ा आता—नकल करती छन्न-छननन। देर तक भूनते हलवे की सूजी या छोले के मसाले को तो आवाज़ दिमाग़ में बस जाती। सुनते-सुनते अचानक सुखदा को याद आया यह आवाज़ उसने अभी कुछ दिन पहले सुनी थी। दिमाग़ पर ज़ोर देने लगी सुखदा तो याद आया—शनिवार की एक शाम वह बग़ीचे में ही रह गयी थी। खाना निपटाकर अम्माँ उसके साथ लेटी थी। बाबू जी बग़लवाले लम्बे बैठका में थे। वह यहीं रसोई के साथवाले कमरे में बच्ची के संग लेटी कि आँख लग गयी। बादल घिरे थे और हवा तेज चल रही थी। अन्धड़ के आसार थे। आँधी के आते ही बिजली चली गयी। उसे इस तरफ़ अकेले डर लगने लगा। हाथ बढ़ाकर देखा तो बग़ल में अम्माँ नहीं थी। घबराकर उठी। डरते-डरते बाबू जी वाले हिस्से की तरफ़ भागी। लाइन से लगे-लगे कई कमरे थे। समझ नहीं पा रही थी कौन-सा दरवाज़ा खड़खड़ाये। अन्तिम कमरे की तरफ़ बढ़ी तो लय में बँधी वही आवाज़ छन्न-छननन-छन्न छननन कानों में पड़ी। रुक गयी, सुखदा यह तो चाचा जी की जनेऊ में बँधी चाभियों की आवाज़ है। तो क्या चाचा जी आज गये नहीं? जाते-जाते रुक गये थे? बाबू जी तो जनेऊ-चाभी कुछ रखते नहीं। समझ नहीं पा रही थी सुखदा। क्या करे? मुश्किल था सुखदा के लिए एक सच का साक्षात्कार ऐसे स्वीकार करना। वहीं दरवाज़े से लगे-लगे धीमी आवाज़ में पुकारा था उसने—"अम्माँ?" चूड़ियों की आवाज़ जिधर से आ रही थी अन्दाज़ा लगाती रही सुखदा और थोड़े समय के बाद हाथ में टार्च लेकर दूसरे कमरे से, निकली थी अम्माँ। अँधेरे में सुखदा उनका चेहरा नहीं देख पायी थीं। पर एक राज़ जान लिया था उसने सास का, उस दिन जिसे धीरे-धीरे जज़्ब किया उसने।

उजाला होता तो ज़रूर देखती चेहरा भी और कपड़ों की धजा भी। मन में एक चोर ख़याल घर कर गया था सुखदा के। सास की बहुत इज़्ज़त करती थी और प्यार भी। उसे स्वयं ही डर लगने लगा जैसे उसकी कोई चोरी पकड़ी गयी हो। बिरादरी और व्यापारियों में दबी ज़ुबान चर्चाएँ होती रही थी। रात-भर सो नहीं पायी, सोचा सुबह बसन्त को बतायेगी—पर सुबह के उजाले के साथ-साथ संचेतना भी आयी। बसन्त इ़ज़्ज़त करता है माँ की—बल्कि अन्ध-भक्ति करता है। वह माने, न माने? पुरुष की सोच स्त्री से फ़र्क़, क्या पता माँ की खण्डित छवि बर्दाश्त कर पाये या नहीं? उसकी बात पर यक़ीन करे या नहीं! अभी तो उसे ही यक़ीन करना मुश्किल हो रहा है। तय कर लिया सुखदा ने, यह कहकर उसे चोट नहीं पहुँचायेगी। और फिर पन्नों की तरह उड़ते-फड़फड़ाते विचारों पर दूसरा विचार पेपरवेट की तरह आ गिरा, "अगर यह सच हो तो भी ऐसा क्या बुरा है!! औरत को क्या प्यार करने का कोई हक़ नहीं

है? सारी ज़िन्दगी एक थोपे गये सम्बन्ध को ईमानदारी से निभाने में खपा दिया अपने-आपको। कौन-सी कमी रखी उन्होंने उसके निबाह में। अगर थोड़ी अपने मन की जी लें तो कौन-सा आसमान गिर पड़ेगा।" उसने तय किया और किनारे खिसकाकर रख दिया पूरे प्रसंग को।

"बृजभान के स्वस्थ होने पर चारों धाम की यात्रा करेंगे" ऐसा सोचा था कल्याणी ने। भवाली में पहाड़ देखकर प्रसन्न हुई विभा ने भी उनसे वायदा लिया था कि वे उसे चारों धाम की यात्रा करवायेंगे। सो सूरजभान ने जयप्रकाश जी से कह उसे भी साथ ले लिया। एक पारिवारिक यात्रा, धर्म के बहाने हो गयी। बृजभान तो जा नहीं पाते—पर बाक़ी पूरा परिवार गया सूरजभान की अगुआई में। इसका सुख कल्याणी और विभा की कल्पना के बाहर था। सारे रास्ते धर्मशालाओं या होटलों में जहाँ रुकना होता लोग सूरजभान को 'सेठ' और कल्याणी को 'सेठानी' ही समझते और बुलाते। विभा ने देखा, कल्याणी अब इस सम्बोधन को सहजता से स्वीकार कर रही थी। सिर्फ़ स्वीकार ही नहीं कर रही थी "सेठानी" के पूरे रुतबे को जी भी रही थी। जहाँ भी रुकते या तो एक बड़ा हॉल ले लेते या दो कमरे एक में सुखदा बसन्त रुकते। दूसरे में सूरजभान, कल्याणी और विभा। विभा के सामने पति-पत्नी की तरह रहने में अब उन्हें संकोच न होता।

यात्रा करके लौटने पर यात्रा समापन की पूजा हुई कल्याणी ने सभी नाते-रिश्तेदारों को बुलाया। बेटी-दामाद नाती और सभी मान को लेना देना किया। सारे आयोजन में पैसे की ठसक साफ़ दिखायी देती रही। दावत ख़त्म हुई तो बग़ीचे की चहारदीवारी के किनारे टहलते-टहलते विभा अपने भाई-भौजाई से बात करते समय बोल ही पड़ी—"रज्जन, तुम्हें नहीं लगता जीजी बदल गयी है। जीजी अब पहले की तरह नहीं रही। उनमें थोड़ा घमण्ड दिखने लगा है।" कान्ति बोली—"थोड़ा नहीं। मज़े का दीदी। हमें तो अब थोड़ा डर लगने लगा है उनसे। हम लोग अब जीजी की हैसियत के बराबर रहे नहीं। और उन्हें अपनी हैसियत का बड़ा गुमान हो गया है।"

बग़ीचे की बाउण्ड्री वाल से लगकर खड़े रज्जन ने कहा, "वे दिन भूल गयी जीजी। कैसे-कैसे दिन काटे हैं कल्याणी जीजी ने। सूखी रोटी पानी में भिगो-भिगो कर खाया, बच्चों को खिलाया। चावल का माँड़ और बार्ली पी-पीकर दिन काटे हैं

उन्होंने। आप मदद न करतीं समय-समय पर तो, बच्चों की परवरिश भी न हो पाती।" उन दिनों को याद करना विभा को अच्छा नहीं लगता था। वे विभा के बेहतर दिन थे। आज कल्याणी के हैं।

"जाने दो रज्जन। उन बातों को क्या दोहराना। जैसे उनके दिन बहुरे वैसे सबके बहुरें।" विभा ने ठण्डी साँस लेकर कहा।

"सो तो ठीक है, पर जीजी कैसे भूल सकते हैं हम उस दिन को जब नयी-नयी ब्याही आयी कान्ति के हाथ से सोने की चूड़ियाँ उतारी थीं हमने, रत्ना की शादी में कैश देने के लिए। उतर नहीं रही थीं चूड़ी तो काँच की चूड़ियों को ईंट से तोड़ा था हमने।" उस दिन को याद कर कान्ति की आवाज़ भर आयी "चीज बड़ी मुश्किल से जुटती है दीदी। आज तक हम वैसी सोने की चूड़ी न बनवा पाये।"

रज्जन ने आगे जोड़ा, "कहना नहीं चाहिए; आप दोनों ही हमारी बहनें हो, पर कहाँ आप और जयप्रकाश जीजा जी और कहाँ ये दीदी और जीजा जी। और तो ख़ैर जो भी हो, जीजी एकदम बदल गयी है।" अँधेरे में उन्हें बुलाने के लिए बाउण्ड्री-वाल तक आये बसन्त को किसी ने न देखा। बसन्त ने सारी बात सुनी। ज़ाहिरन उसे बहुत बुरा लगा। उल्टे पाँव वापस हो लिया। अब बड़ा मर्द हो गया था बसन्त। एक बेटी का बाप और शहर के व्यापारियों में अच्छी जगह बनाता व्यापारी। उसके अहम् को ठेस लगनी ही थी पर अपने अहम् से ज़्यादा उसे माँ के स्वाभिमान की चिन्ता हुई। बुरे दिनों में बहुत हेठी हुई उनकी, अब नहीं होने देगा।

रात-भर क्रोध और अपमान से उफनाता रहा बसन्त। बेचैन करवटें बदलता रहा। सुखदा ने देखा। पूछा भी पर उसने कुछ बताया नहीं। सुबह दुकान से सीधे बैंक गया, पैसा निकाला। नोटों की गड्डी हमेशा कपड़े के झोले में लेकर चलने की आदत है उसकी। चाचा जी से गाड़ी लेकर सीधे बगिया आ गया। बच्चे तालाब में खिलवाड़ कर रहे थे। बड़े लोग बाबू जी के कमरे में होंगे। यही समय है हिसाब करने का। अचानक से परदा हटाकर अन्दर आये बसन्त को देखकर सब चौंके, ख़ुश भी हुए।

"अरे बसन्त। इस समय यहाँ! कैसे" मामा ने पूछा।

"आओ बैठो। पानी लेकर आते हैं तुम्हारे लिये।" कान्ति मामी उठने लगी।

"नहीं नहीं। आप कहीं न जाइये। पानी नहीं चाहिए मुझे। कुछ बात करनी थी आप सबसे।" कान्ति उठते-उठते बैठ गयी। बसन्त आया है, सुनकर चौके से आँचल में हाथ पोंछती कल्याणी भी इसी तरफ़ आ गयी। माहौल गम्भीर देखकर सकपका गयी, "क्या हुआ? कुछ हुआ क्या? सब लोग ऐसे गम्भीर होकर क्यों बैठे हो।"

बृजभान के पैताने पलँग पर बैठते हुए कल्याणी ने पूछा।

"पता नहीं बसन्त कह रहा है उसे सबसे कुछ बात करनी है।"

रज्जन मामा ने कहा। बृजभान सो रहे थे—वे भी उठ बैठे। हतप्रभ-से चारों तरफ देखने लगे।

"बोलो बेटा क्या बात है।" कल्याणी ने कहा।

"बात यह है कि मैं बचपन से आज तक यह सुनते-सुनते थक गया हूँ कि किस-किस की ख़ैरात पर हमारा घर चलता रहा है। मैं आज यह प्रकरण हमेशा के लिए ख़त्म कर देना चाहता हूँ।" हर कोई अवाक् रह गया। बसन्त ने सबकी ओर मुख़ातिब होते हुए कहा—"आप सब लोग मुझे जोड़कर बता दीजिये— आप सबका कितना ख़र्चा हुआ है मेरी परवरिश में और कितना ख़र्च हुआ है रत्ना की शादी में। मैं सबका पैसा आज वापस कर दूँगा अगर मेरी पहुँच में हुआ तो।" "सभी को धक्का लगा-"यह कैसी बात कर रहे हो बेटा" जयप्रकाश मौसा जी ने कहा जो आज ही सुबह इलाहाबाद से आये थे, सूरजभान के बुलावे पर। "छोड़ों भी बसन्त बेटा। जो बीत गयी सो बात गयी।" उन्होंने बात टालने की कोशिश की।

"नहीं। ऐसा नहीं है। बात बीतती नहीं। बार-बार उठती है और अम्माँ की हेठी होते मैं अब नहीं देख सकता। कल रात आप लोगों की बातचीत सुनी मैंने। फिर वहीं बातें गिनायी जा रही थीं।"

एक मिनट को सभी निःशब्द हो गये। फिर जयप्रकाश मौसा जी ने ही बोलना शुरु किया। "तुम हम लोगों को पराये की तरह क्यों बरत रहे हो? हम तो यही जानते हैं कि हम एक परिवार की तरह हमेशा साथ रहे हैं। दुःख में भी और आज सुख का समय आया तो सुख में भी।"

"हाँ, आप सही कह रहे हैं– आज हमारा दिन बदला है तो हम सारे एहसानों का बदला उतार देना चाहते हैं। बताइये आपका कितना ख़र्च हुआ था रत्ना की शादी में?" जयप्रकाश को अब बात बर्दाश्त के बाहर लगने लगी। क्रोध से बोले, "नहीं बता सकते–क्योंकि हमने जोड़ा नहीं था और न ही सोचकर किया था कि कोई इसका भुगतान करेगा कभी। तुमसे इस तरह के व्यवहार की उम्मीद न की थी कभी।"

विभा मौसी तो रोने-रोने को हो गयी। पर कल्याणी को मन-ही-मन बेटे का यह रूप अच्छा लग रहा था। आगे जयप्रकाश ही बोले थे, "बेटा बड़े ज़रूर हो गये हो, जीवन से अभी तुम्हें सीखना बहुत है। कल्याणी जीजी सिर्फ़ तुम्हारी माँ ही नहीं थीं, हम सबकी भी कुछ लगती थीं। पहले के समय में सुख-दुःख सब मिल बाँटकर निपटा लिये जाते थे। उसके ज़िक्र मात्र पर इतना ताव खाने की ज़रूरत नहीं थी।" फिर अपनी पत्नी की तरफ़ मुड़कर उठते हुए बोले–"चलो वैभवी सामान बाँधो। हम अभी वापस जा रहे हैं। इस अप्रत्याशित मोड़ की किसी को उम्मीद नहीं थी। जयप्रकाश जी को सूरजभान ने छुट्टी का दो दिन यहाँ बिताने के लिए आमन्त्रित किया था। अभी सूरजभान आ ही रहे होंगे–यह सोचकर कल्याणी, बसन्त और बृजभान तीनों ही घबराये। अबकी बृजभान ने मोर्चा सँभाला "क्या हो गया है तुम्हें बसन्त। माफ़ी माँगो सबसे।"

"नहीं बृज भाई। माफ़ी माँगने का कोई सवाल नहीं। मनों में इतना फ़र्क़ आ जाये तो रिश्तों में खटास आ ही जाती है। फिर बच्चे बराबर के हो जायें तो अपनी इज़्ज़त बचाकर रखनी होती है। बसन्त अब बड़े हो गये हैं, हमें समझना चाहिए" जयप्रकाश ने कहा और उठने लगे।

बृजभान ने बात सँभालने की कोशिश की, "अभी सूरजभान आयेगा तो उसे क्या जवाब देंगे? और फिर अभी तो कोई ट्रेन भी नहीं है। स्टेशन पर भारी धूप में कहाँ बैठोगे। चलो, बैठो सब लोग। कल्याणी बेल का शरबत बनाओ सबके लिए।" उम्र में बहुत बड़े थे बृजभान, जयप्रकाश और रज्जन दोनों ही से। लिहाज़ करते थे उनका साढ़ू और साले दोनों ही। शान्त हो गये सभी। जब तक सूरजभान आये, सब ठण्डा बेल का शरबत पी रहे थे। पर माहौल में एक भारीपन था जो सूरजभान की समझ में आ रहा था। दुकान पर किरपा ने उन्हें ख़बर पहुँचा दी थी, "बसन्त भइया बैंक से ढेर के रुपया निकाल के बगइचे गौए हौं। कौनों बात ज़रूर बा।"

बसन्त वहाँ से हटकर माँ के पास चौके में खड़ा था। लँगड़ा आम, जो सब के लिए लेकर आये थे सूरजभान, उसे पानी में धराने के बहाने वे भी चौके में आ गये, "का हो पण्डित जी, क्या गुल खिलाये हैं आप?"

"कुछ नहीं। कुछ भी तो नहीं" सकपकाकर माँ की ओर देखते हुए जवाब दिया बसन्त ने और फिर माँ से बोलते हुए निकल गया—"मैं निकलता हूँ माँ दुकान को देर हो गयी है।" कल्याणी की ओर देखा सूरजभान ने, तो वह भी कन्नी काट कर निकल गयी, उस तरफ़ को, जहाँ सब बैठे थे।

"कुछ तो गम्भीर घटा है यह समझ में आ गया था सूरजभान को। कान्ति बहू की आँख रोयी-रोयी थी। विभा हमेशा की तरह मज़ाक का उत्तर मज़ाक से नहीं दे रही थी। बृजभान करवट लेकर चुपचाप लेटे थे, सो नहीं रहे थे। जयप्रकाश गम्भीर इन्सान थे, स्वभाव से कुछ पता नहीं लगने देते। कल्याणी काम में व्यस्त होकर कुछ छिपाने में लगी थी। शाम के समय रज्जन को साथ ले सूरजभान चले गये गंगा के किनारे तक। उससे पता चला सब। वापस आकर माहौल को सामान्य करने के कोशिश की सूरजभान ने—"उठिये पण्डित जी, छह लोग हैं। आये ट्वेण्टी नाइन खेला जाये। आप लोग भी गुस्सा छोड़िये। लड़कपन है बसन्त का। भुला दीजिये। हम ख़बर लेंगे उसकी। कल्याणी तब तक तरबूज, का शरबत बना लायी थी। कान्ति उठकर सबको देने लगी—विभा ने माहौल को सहज बनाने की पहल की, "क्या सूरज भाई जी—आज शाम कोरे शरबत से काम चलेगा। कुछ खाने का नहीं मँगायेंगे।"

"क्यों नहीं मँगायेंगे।" कान्ति बहू, बताओ क्या मँगाया जाये। कान्ति बहू जो कहेगी वही मँगाया जायेगा। बोलो कान्ति बहूरानी-क्या मँगाया जाये।

"कुछ भी भाई साहब।"

"देखो भाई—शहर से तो कुछ बसन्त ही रात में ला पायेंगे। अभी यहीं दीना की दुकान से समोसे मँगवा लेते हैं। गर्म-गर्म उतर रहा होगा इस समय।"

"ठीक है भाई साहब। पर रात में कचौड़ीगली की कचौड़ी खायी जायेगी।"

"हाँ हाँ। ज़रूर अभी बसन्त को कहला भेजते हैं।"

बसन्त और सुखदा रात में कचौड़ी गली से ढेर सारी कचौड़ी सब्ज़ी लानेवाले थे। कल्याणी को भी रसोई से फ़ुरसत हो गयी थी। ताश का खेल देर रात तक चलता रहा।

रात बग़ीचे से वापस जाते समय सूरजभान ने कार ड्राइव करते बसन्त से कहा– "पण्डित जी आज सुबह आपने जो कुछ किया वह ठीक नहीं था। ज़िन्दगी में बीता हुआ समय वापस नहीं लाया जा सकता। आप रुपये-पैसे का हिसाब तो कर सकते हैं, उन स्थितियों में जो कुछ गुज़रा उसका हिसाब कैसे चुकता कर सकेंगे? क्या वह स्थितियाँ फिर वैसे ही वापस आ सकती हैं? भगवान् न करे वह वापस आयें। उन स्थितियाँ में जिन लोगों ने आपका साथ दिया उनके एहसान का बदला कभी अवसर आने पर उनके साथ अच्छा करके ही चुका पायें शायद। वरना उसको दिल में रखिये उसका मखौल मत बनाइये। ऐसा करके आप अपने-आप को छोटा करते हैं, उन्हें नहीं। उसका बदला सिर्फ़ स्नेह से निभा सकते हैं, रुपये-पैसे से नहीं। समझे।"

"चाचा जी। एक बात और समझा दीजिये इन्हें। ये कह रहे हैं आगे नहीं पढ़ेगे। इनसे कहिये न कि एम.ए. करें। चाहे प्राइवेट ही कर लें।"

"बिटिया आगे पढ़कर यह क्या करेगा। करना तो इसे व्यवसाय ही है। उसे ही आगे बढ़ाना है। इसमें पढ़ाई बहुत मदद नहीं करेगी।"

"क्यों नहीं करेगी। एक अनपढ़ और एक पढ़े-लिखे बिजनेसमैन में फ़र्क़ नहीं होता? आखिर को अब जब एक्सपोर्ट का काम बढ़ाने की बात सोच रहे हैं तो पढ़ाई-लिखाई काम नहीं आयेगी? अंग्रेज़ी आती हो तो सामनेवाले पर बड़ा असर पड़ता है।"

चाचा जी हँस पड़े, "अच्छा भाई बिटिया का मन है कि उसका आदमी अंग्रेज़ी बोलनेवाला हो। तो भाई मेरे ख़याल से तुम्हें आगे पढ़ ही लेना चाहिये। चाहे तो प्राइवेट फ़ार्म ही भर दो।" चाचा जी को उनके घर पर उतारकर बसन्त-सुखदा अपने घर वापस आ गये, गाड़ी को सड़क पर ही खड़ा करके। घर जाने से पहले बसन्त अक्सर संकठा जी दर्शन को जाता है। आज सुखदा को लेकर गली-गली गया। हर जगह आड़ी तिरछी बैठी खड़ी गाय और साँड़ को पार करते सुखदा का जी उकता गया।

"ओफ्फो एक तो बनारस की ये सँकरी गलियाँ। तिस पर आराम से पसरे हुए ये गाय गोरू। न जाने कब इन गलियों से जान छूटेगी।" बसन्त का हाथ थामें सुखदा बच्चों की तरह कूदती-फाँदती आगे बढ़ रही थी। "जब तक बनारस में हो तब तक तो नहीं। सुना नहीं तुमने बनारस के बारे में? राँड़-साँड़ सीढ़ी संन्यासी इनसे बचे तो सेवे काशी।"

"हे भगवान्! जो थे बनारस में वे झेलते। हम कहाँ से आ फँसे यहाँ। हमारे शहर में न तो गलियाँ न उनमें फैले पसरे ये गाय, साँड़।"

"चलो तुम्हारे मायके पहुँचा आते हैं तुम्हें।" घर के पासवाले मोड़ पर सुखदा का हाथ पकड़ आखिरी गाय पार कराते हुए कहा बसन्त ने। गाय को लाँघकर एकदम से सुखदा बसन्त के सीने से ही लग गईं। प्रसन्नचित्त जवाब दिया, "नही बिल्कुल नहीं। कहीं और नहीं जाना मुझे, तुम्हें छोड़कर। मुझे किसी भी बात का पछतावा नहीं। मुझे तो तुम्हारे, शहर की ये गलियाँ, ये गायें, ये साँड़ ये मन्दिर, ये गंगा सब कुछ पसन्द है। कहीं नहीं जाती मैं।" प्यार से भरी निगाहों से देखती रही बसन्त को।

दोनों घर के दरवाजे पर खड़े थे। सुखदा जैसे चौंककर बोली, "चलो अब घण्टी बजाओ घर की कि ऐसे ही बाहर खड़े रहेगे।"

बहती नदी में मणि

समय नदी की तरह आराम से बह रहा था। दो दुनिया साथ-साथ चल रही थी कल्याणी की। एक वह जो उस पर आन पड़ी थी, जिसमें बृजभान थे, रत्ना थी, दामाद थे—बसन्त और सुखदा थे और था व्यवसाय-रिश्तेदारी-कुटुम्ब, बिरादरी और आम औपचारिकताएँ। दूसरी ओर समानान्तर थी एक दूसरी दुनिया जिसमें उसकी चाहत थी, नितान्त व्यक्तिगत, उसको समझने, उस पर सब-कुछ न्योछावर करनेवाला सूरजभान था, और था उनके बीच का एकान्त संवाद जो किसी और को नहीं मालूम था। या मालूम था और सुविधापूर्वक सबने स्वीकार कर रखा था। इस मन्थर गति से बहते समय की धारा में अचानक एक व्यवधान आन पड़ा, अभी सिर्फ़ कल्याणी को जानकारी हुई थी उसे .खुश होना चाहिए था, पर हुई नहीं। बल्कि घबराहट हुईं यह .खबर वह .खुद से भी छिपाना चाहती थी, बताती किसे!! अचानक पता चला

उसके दिन चढ़ गये। गंगा किनारे पड़े, टूटे-फूटे तखत पर अकेली बैठी वह सोच रही थी—एक औरत को यह निश्चित पता होता है कि बच्चे का बाप कौन है या बच्चा किसका है। शायद उसे भी पता था पर वह इससे आँख चुराना चाह रही थी। इसलिए कि वह चुरा सकने की स्थिति में थी। यह सच है कि बृजभान बीमार हैं और कमज़ोर भी, पर शरीर की लालसा से वे मुक्त कभी नहीं हुए। उनकी इस चाह को कल्याणी ने हमेशा उनकी और ज़रूरतों की माफ़िक कर्त्तव्य की तरह ही निभाया है उनकी दवाइयों तथा दूसरी ज़रूरी चीज़ों की तरह। पर इस बगीचे में आने के बाद से जब कभी भी अवसर बन पड़ा है उसने सूरजभान के साथ इस अनुभव को जिया है, एक संजीवनी की तरह। सच है कि ओढ़ी हुई नैतिकता की बेड़ियाँ एक बार जो टूटीं तो फिर कल्याणी को पलटकर देखने की ज़रूरत नहीं पड़ी। ख़ासकर तब जब उससे दुनिया में किसी को फ़र्क़ नहीं पड़ता था। पर मुश्किल आन पड़ी थी। सामने वे थे जिन्हें इस ख़बर से असर पड़ता था और उन्हें वह प्यार भी करती थी। अलावा इसके इन्सान की अपनी नैतिकता तो होती है। उसका अपना ज़मीर ही उसे उलझाने लगा बार-बार। सही है या ग़लत! क्या यह बेईमानी है! है तो किससे? उससे, जिसके लिए ईमानदारी की कोई शर्त नहीं है? सारा ईमान उसी के जिम्मे क्यों? पर अब इस दुविधा को सुलझाना मुश्किल है। न जाने क्यों मानना वह वही चाहती है जो समाजसम्मत है। अपने मन को समझाती है "नहीं ये बृजभान का ही है।" अपने आपको सही समझकर एक संकल्प में सिर हिलाकर वापस चल दी, घर की ओर। अब जो होगा, झेलेगी।

कुम्भ में कल्पवास करने का बड़ा मन था कल्याणी का बहुत समय से। जयप्रकाश जी ने इस बार मेले में टेण्ट की व्यवस्था कर दी थी, चालीस दिनों के लिए। कल्याणी मना नहीं कर पायी। लाव-लश्कर सहित वे संगम की रेती पर लगे तम्बू में रहने पहुँच गये थे।

बृजभान को वापस लहुरावीर वाले घर में पहुँचा दिया गया था। बग़ीचे में देखभाल कौन करता। और फिर वे पहले से काफ़ी स्वस्थ होने लगे थे। बिना बतकही के अब उनका समय नहीं कटता। वापस अपने ठिकाने पहुँच फिर बैठक के गलीवाले दरवाज़े को खोल हर आते जाते से बतियाने लगे। उनके दिन बेहतर कटने लगे। सुखदा उनका अच्छा ख़याल रखती थी। दिन में एक बार रत्ना भी आ जाती थी देखने।

तम्बू गंगा किनारे लगे टेण्ट में साथ लेटी दोनों बहनें। कल्याणी अपनी ऊहापोह समस्या में गुमसुम। सोचती विभा को बतायें क्या। वह बोलती उसके पहले विभा ने बात शुरू की—"जीजी, तुम्हें एक बात बतानी है। पता नहीं किसको कैसे बतायेंगे। सबसे पहले तुम्हें ही बता रहे हैं। हम पेट से रह गये हैं" चौंक के उठ बैठी कल्याणी।

"सच विभा! कितने दिन हो गये?" फिर सोचकर हँसी आयी कल्याणी को। यहाँ तो मामला उलट गया।

"तुम .खुश हो रही हो—हम तो मारे शर्म के गड़े जा रहे हैं।" विभा भी उठ बैठी।

"अब इसमें किस बात की शरम!! कल्याणी ने बात समझकर भी बनने की कोशिश की।

"अरे। तुम्हें समझ में नहीं आता। इतनी उम्र में हम फिर से बच्चा करें विभु कितने बड़े हो गये। लगभग इतनी ही उमर में तो ये बाप बन गये थे।"

"तो क्या हुआ। कितने ही भाई-बहनों में कितने-कितने सालों का फ़र्क़ होता है। द्वारी बाबू की बहू को जानती हो, चेतगंजवाले पाण्डे जी की बीबी? उनके जब बेटा हुआ उसके बाद उनकी माँ के बेटी हुईं। अब समझो कि, मौसी अपने भाँजे से छोटी है।"

"होता होगा। पर हमें तो इनको बताने में शरम आ रही है। एक मन कहता है गिरवा दें। हमने तो कितनी जड़ी-बूटी भी खायी पर गिरा ही नहीं।"

"पागल हो गयी हो क्या? बच्चे पर बुरा असर पड़ता है इन सबका। फिर जयप्रकाश जी सुनेंगे तो कितना बुरा मानेंगे। सबसे पहले उन्हें ही बताओ। चलो, कल जब वे आयेंगे उन्हें हम ही ये .खुशख़बरी सुनायेंगे।" लेटकर सोचने लगी कल्याणी— अच्छी लाग-डाँट रही दोनों बहनों में, जीवन-भर। जब विभा के बेटा हुआ तब उसकी रत्ना हुईं, जब उनके बसन्त हुआ, तब विभा की बेबी पैदा हुई और अब जब वह उम्मीद से है ठीक उसी समय कल्याणी भी उम्मीद से है। शर्म तो उसे भी

आ रही है बसन्त सुखदा को क्या बतायेगी? कैसे बतायेगी? पर फ़िलहाल तो उसे विभा को बताना है। दोनों एक नाव पर सवार। साथ-साथ पार लगेंगे। एक-दूसरे को एक-दूसरे का सहारा!!

सुबह ब्रह्म मुहूर्त्त में सूरज उगने के पहले, सूरजभान, कल्याणी, विभा और साथ आयी कुछ और व्यापारियों की पत्नियों सहित सबने संगम स्नान किया। पानी से निकलते हुए कल्याणी का सिर घूम गया। बड़ी मुश्किल से विभा ने उसके गीले कपड़े बदले। ठण्डी हवा इतनी चल रही थी कि नीली पड़ी जा रही थी कल्याणी। किसी तरह से वापस आये सब। कल्याणी को गर्म-गर्म चाय पिलायी विभा ने। कल्याणी थोड़ा चैतन्य हुई विभा को कुछ शक-सा हुआ। उसने कल्याणी से पूछा "जीजी ठीक हो अब? क्या हुआ चक्कर क्यों आया? सब ठीक तो है।"

हल्का-सा मुस्करा दी कल्याणी "अब तुमसे क्या छिपाना। कल तुम जब अपना बता रही थी तो हमें हँसी आ रही थी। हम क्या कहें। हम तो खुद ही चक्कर में पड़ गये हैं।" विभा को ताज़्जुब नहीं हुआ!!

"इतनी देर से बता रही हो! जब पता था तुम्हें तो यहाँ आने को क्यों तैयार हो गयी? मना कर देना था। ऐसे में गंगा नहीं नहाया जाता।"

"क्या कहकर मना करते! किसी को भी बताया नहीं है अभी। सोचा जब तक छिप जाये अच्छा ही है। एक महीना तो यहीं गुज़र जायेगा। लौटकर जब दिखने लगेगा तब बतायेगे।" कल्याणी ने कहा

"अच्छा! गज़ब हैं जीजा जी भी। बीमारी में यह गुल खिलाया। क्या जीजी बीमारी में भी तुम लोगों का सब चलता रहा।" चुहल लिया विभा ने। आश्वस्त हुई कल्याणी। विभा का ध्यान दूसरी तरफ़ नहीं गया। इतराकर बोली, "तुम्हारे जीजा जी कितने भी बीमार हों, इस सब के लिए बीमार नहीं होते। पता नहीं कैसे तो भवाली में सबर किया। लौटकर आने के बाद उन्हें सबर कहाँ। दवाई की तरह रोज़ डोज़ चाहिए।" बात सच थी भी।

"कुछ कर भी पाते हैं कि बस यूँ ही," विभा ने हँसकर छेड़ा।

उसका अपना पति आज भी सुदर्शन और हट्टा-कट्टा है। इसका उसे बड़ा गुमान है।

"बस चुप करो विभा। यहाँ सोच के मारे जीना मुश्किल हो रहा है, तुम्हें मज़ाक सूझ रहा है।" दोनों बहनें देर तक बातों में मशगूल रहीं। फिर सो गयीं। गंगा नहाने के बाद यूँ भी नींद बहुत आती है।

कल्याणी को राहत मिली इस सारी बातचीत से। विभा का दिमाग़ ज़रा-सा भी दूसरी तरफ़ नहीं गया। जब इसका दिमाग़ नहीं गया तो किसी का भी नहीं जायेगा। वह बेवजह परेशान है। अपनी इस अवस्था पर पहली बार सुख का अनुभव कर रही थी कल्याणी। सोच लिया उसने अब जो होगा देखा जायेगा।"

एक महीने के कल्पवास के बाद शिवरात्रि पर कल्याणी अपने घर वापस आयी। बनारस में शिवरात्रि की धूम थी। रात-भर काशी-विश्वनाथ के दर्शन करनेवालो की चहल-पहल रहती। गंगा नहाकर गीले कपड़ों में ही विश्वनाथ जी के दर्शन को लाइन में लग जाते लोग। अभी ठण्ड हल्की-हल्की थी, शाल ओढ़ना पड़ता था दिन में भी। दोनों बहनों ने तय किया था जब तक छिपा सकेंगी छिपाकर रखेंगी। विभा को होली के बाद बेटा हुआ। सबको बच्चा होने के बाद ही पता चला। एक और भाई आने से उसके दोनों बच्चे प्रसन्न हुए। इसकी .ख़बर सुन कल्याणी को भी राहत मिली। बसन्त बच्चे होने के समय मौसी के पास ही था। लौटकर आया तो .ख़ुश होकर बता रहा था, "बहुत सुन्दर है लड़का। एकदम मौसा जी को पड़ा है। विभु और बेबी भी .ख़ूब .ख़ुश हैं। हाँ, मौसी की डिलीवरी के बाद देखभाल करनेवाला कोई नहीं है। कुछ दिनों के लिए तुम चली जाओ ना वहाँ।" कल्याणी का मन भी था वह बसन्त के साथ आ गयी विभा के पास। सोचकर कि कुछ और समय निकल जायेगा उसका इसी तरह। उसने तय किया जब समय आ ही जायेगा तो सबसे पहले वह सुखदा को बतायेगी। बसन्त को वही बताये तो ठीक होगा।

आधा सच, आधा झूठ

सुखदा के इम्तहान .ख़तम हुए। उसे कुछ दिनों के लिए मायके जाना था। जाने को हुई तो गयी रात कल्याणी ने उसे अपने पास बुलाया। "बहू तुम जा तो रही हो, पर तुम्हें शायद अचानक से आना पड़े।"

"क्यों अम्माँ। ऐसा क्यों कह रही हैं?" सुखदा अनुमान भी न लगा सकी। "सबसे पहले तुम्हें ही बता रही हूँ। हालाँकि बताते संकोच हो रहा है। पता नहीं बसन्त को कैसे बतायेंगे। हमें कभी भी प्रसव हो सकता है।"

"क्या?" सुखदा का मुख खुला-का-खुला ही रह गया। उसने कल्याणी को ऊपर से नीचे तक देखा। क्षण-भर को हक्का-बक्का हुई, समझ नहीं सकी कैसे ले इस ख़बर को। पर दूसरे ही क्षण आल्हाद से भर गयी। सास को गले लगा लिया—"अम्माँ ये तो बड़ी अच्छी खबर है। इतनी अच्छी ख़बर छिपायी क्यों? इसमें शर्म की क्या बात है? अच्छा है बसन्त को भाई-बहन कुछ मिलेगा। साक्षी को भी एक साथ खेलनेवाला मिलेगा। हम बहुत ख़ुश है अम्माँ। कहिये तो घर न जाये।"

"नहीं बिटिया हो आओ। जुलाई से फिर पढ़ाई शुरू हो जायेगी। घर का काम भी बढ़ जायेगा। कुछ दिन रह आओ भाई-बहनों के साथ।"

कल्याणी हमेशा एक बहुत अच्छी सास रही है। सुखदा को इसीलिए उनका कुछ भी बुरा नहीं लगता।

बसन्त उसे छोड़ने गया। सुखदा ने उसे रास्ते में बताया। बसन्त को भी आश्चर्य-मिश्रित प्रसन्नता का एहसास हुआ। उसकी ख़ुशी का मूल कुछ और ही था उसे लगा—"इसका मतलब बाबू जी अब स्वस्थ और सामान्य हो गये हैं।"

लौटकर आया तो अम्माँ को ध्यान से देखा—अम्माँ उसे कुछ नयी-सी दिखायी पड़ीं। अम्माँ का मुँह देखता रहा अम्माँ के हाथ से नाश्ता पानी लेते हुए। पता नहीं चलता कुछ भी उनके चेहरे से। सीधे पल्ले की साड़ी में पेट लगभग ढका था। वे निस्पृह भाव से घर का काम निपटाने में लगी थी। बसन्त को अपनी तरफ़ देखते हुए देखा तो चौंक पड़ी। समझ गई सुखदा ने उसे बता दिया है। पानी का गिलास थमाते हुए बोली-"क्यों रे? शर्मिन्दा है तू?"

"नहीं माँ। शर्मिन्दा क्यों होऊँगा। मैं तो मौसी के घर बच्चा होने पर भी कितना ख़ुश था। हम ख़ुश हैं अम्माँ-बहुत ख़ुश। दुःख है इस बात का कि ऐसी हालत में भी तुम सारा काम करती रही। आराम नहीं कर सकी।"

"चल, वह तो मैं तेरे होने में भी करती रही थी। आज क्या फ़र्क हो गया।" कल्याणी ने हँसकर कहा। "फ़र्क़ तो हो ही गया है। तुमने सभी बच्चे संकट और

परेशानी में पैदा किये, कभी आराम नहीं कर पायी। हम और रत्ना संकट की पैदाइश रहे। अब जो होगा कम-से-कम वह सुख की पैदाइश होगा। मेरा हाथ बँटाने आ रहा है वह।'' बसन्त सचमुच ख़ुश हो नाश्ता करने लगा।

''क्यों रे। तुझे बड़ा पता है कि भाई ही होगा। लड़की भी तो हो सकती है।'' ''लड़की होगी तो भी कुछ बुरा न होगा। साक्षी की साथी होगी। पर मुझे लगता है अम्माँ, मेरा भाई ही आ रहा है। मन में यही है कि लड़का हो।'' कल्याणी का तनाव बसन्त की प्रतिक्रिया सुन के हल्का हो तिरोहित हो गया। उसे लगा जैसे और किसी को बताने की अब ज़रूरत नहीं।

सूरजभान तो छोड़ो, बृजभान को ख़बर देने की बात भी कल्याणी के मन में अभी तक नहीं आयी। जैसे कि यह अनुभव नितान्त उसका अपना हो, नितान्त व्यक्तिगत। रात खाने के समय बसन्त ढेर सारी लौंगलता लेकर आया लंका की पुरानी दुकान से। ''संकटमोचन गया था आज दर्शन करने'' बैठका का दरवाज़ा खुला देख वहीं से अन्दर घुस आया नंगे पाँव हाथ में चप्पल उठाये। बोलते हुए कल्याणी ने झट से मिठाई की डलिया पकड़ी। बातचीत चल रही थी सुखदा के चले जाने से रुक गये कामों की। सुखदा धीरे-धीरे व्यापार का हिसाब-किताब रखने में मदद करने लगी थी। रोज़ रात खाने के बाद बैठकर, दिन-भर का रोज़नामचा लेती और रजिस्टर पर चढ़ाती।

सूरजभान यही कह रहे थे ''कैसे जगह बना ली है उसने घर में। उसका थोड़े दिनों का जाना भी खलने लगता है।'' तश्तरी से एक लौंगलता उठाते हुए पूछा उन्होंने, ''मिठाई? किस ख़ुशी में भाई?''

एक ख़ुशख़बरी है। ''अम्माँ ने किसी को बताया नहीं। बहुत जल्दी हमारे घर नया मेहमान आनेवाला है।'' बसन्त ने घोषणा सी की। सूरजभान ने सहजता से पूछा ''क्या सुखदा बहू'' बात बीच में काटकर बसन्त ने कहा ''नहीं। मेरे भाई या बहन आने को हैं।'' सूरजभान का मुँह तक पहुँचा हाथ पल भर को वहीं ठहरा प्रश्नाकुल उन्होंने कल्याणी के चेहरे पर निगाहें धँसायीं। कल्याणी के चेहरे पर कुछ भी लिखा न दिखायी दिया। कुछ प्रकृतिस्थ होकर मिठाई मुँह में रख ली। लेटे हुए बृजभान उठ गये—चेहरे पर रुकती-दौड़ती प्रसन्नता छिप नहीं सकी। सूरजभान भी प्रसन्नचित्त हुए ''क्या पण्डित जी बीमारी में ये कमाल। मतलब ये बीमारी-विमारी सब नाटक

है। आप भले-चंगे, पाठा जवान हो गये हैं।" आशंका के अपने तरफ मुड़ते तीर को पूरम्पूर बृजभान की तरफ़ मोड़ दिया।

कल्याणी के सुख की तो कभी उन्हें चिन्ता ही न रही थी—अपने शारीरिक सुखो के पलों का हिसाब-किताब वे क्या रखते। बृजभान मन्द-मन्द मुस्काते रहे। कल्याणी ने भी साथ दिया। कल्याणी से बोले बृजभान।

"आज दूध के साथ ये लौंगलता भी देना। बहुत दिन हुए इसे खाये हुए।" कल्याणी तिरछी आँखों सूरजभान का चेहरा देखती और चेहरे पर कुछ ढूँढ़ती रही। "क्या भूले से भी वे अपने आपको इसका ज़िम्मेदार नहीं आँकते? वैसे नहीं आँकते तो अच्छा ही है।"

"पण्डित जी, एक और बहाना हो गया एक दावत देने का। अब कुछ गाँठ से पैसे निकालेंगे। बुढ़ापे का बच्चा सबसे प्यारा होता है।" सूरजभान पूरी तर्क से बात की नोक को गोल करने में लग गये थे। और वह हुआ भी।

"जब सारा ख़र्च तुम उठाते हो तो इसका ही हम क्यों करेंगे। तुम खोलो न अपनी गाँठ।" बृजभान बहुत दिनों बाद इतने ख़ुश दिख रहे थे। खुशी की इस बाढ़ में शंका के खर पतवार सब बह गए। दोनों भाइयों की चुहल कुछ सिंधिया घाट पर बचपन में खेले जानेवाली कबड्डी जैसी लग रही थी, जिसमें ज़्यादातर सूरजभान ही जीतते थे। कल्याणी के लिए राहत की बात सब—कुछ सहजता से स्वीकृत हो गया। अब अपने मातृत्व को सचमुच जी पा रही थी कल्याणी। आँख नहीं चुराना पड़ रहा था अपने आप से। कल की सुबह एक हल्की सुबह होगी उसके लिए।

सुखदा के आने से पहले ही कल्याणी ने बेटे को जन्म दिया। रत्ना पहले ही मायके आ गयी थी कि अम्माँ को ऐसी हालत में ऊपर-नीचे न करना पड़े। घर के पास ही प्राइवेट अस्पताल में डिलेवरी हुईं, इसके पहले की दोनों डिलेवरी घर पर दाई के हाथों हुई थी। कल्याणी की फुफेरी बहन सरोज घर-अस्पताल करती रही।

बसन्त की खुशी का ओर-छोर नहीं। विश्वनाथ मन्दिर में शिव जी का शृंगार करवाया। गंगा जी को माला पहनवायी। दरअसल सचमुच उसे अपने भाई पर बहुत प्यार आ रहा था। सुखदा को लेने भी नहीं गया। उसे अपने पापा के साथ ही आना

पड़ा। उपाध्याय जी बधाई देने, पत्नी सहित आये। घर परिवार में ख़ुशी की लहर व्याप गई।

साड़ियों का काम विदेश में कुछ जगहों पर शुरू करने की बात चल रही थी, अचानक दो जगह के व्यवसायियों से बात पक्की हो गयी। बसन्त को लगा भाई की आमद बहुत शुभ है। सूरजभान का मन था उसे 'गणेश' के नाम से पुकारा जाये पर बसन्त ने बच्चे का नाम रखा शिवम।

औरत के जीवन का वह हिस्सा जो कल्याणी ने समझा था उसके लिए बीत चुका है, एक बार फिर से उसे जीना उसे नया जीवन दे गया। बच्चे को सीने से लगाती। ध्यान से उसके नैन नक़्श देखती। किसकी तरह है? रंग गोरा तो दोनों का ही है। गाल पिचक गये हैं और बृजभान की आँखें भी गड्ढे में चली गयी हैं। इसलिए बुरे लगते हैं बृजभान। और सूरजभान का कसरती बदन अभी भी गठा हुआ है, चेहरा भरा-भरा होने से लम्बोतरा न होकर गोल दिखता है। बाल कम दोनों के ही हो रहे हैं। बच्चे के सिर पर ख़ूब बाल हैं। कोई क्या समझेगा किसका है। वह थक हार कर सोच लेती इस पर सिर क्यों खपाये उसका बेटा है? और वह माँ है, बस यही सच है।

बसन्त ने एक्सपोर्ट का काम शुरू किया "शिवम स्टोर्स" के नाम से। रत्नों का काम पहले ही चल रहा था। सामने दुकान थी पूजा पाठ की सामग्री की और रत्नों का काम पीछे से था जिसमें आमदनी भी ज़्यादा थी। उसके बढ़ते हुए काम से बिरादरी के बहुत सारे लड़कों को काम मिलने लगा। न सिर्फ़ लड़कों को बहुत-सारी औरतों को भी। बिरादरी के बहुत-सारे परिवार उपकृत होकर इस प्रसंग पर चुप लगा चुके थे। इस बीच सुखदा ने एम.ए. कर लिया। दूसरी बार बच्चा होने को हुआ तो सबको उम्मीद थी लड़के की, पर इस बार भी उसे बेटी ही हुई। घर पर दुःखी तो सभी हुए पर प्रकट नहीं होने दिया। सुखदा ने कहा बेटियों के होने पर कभी कोई उत्सव नहीं हुआ। अबकी बार बेटियों के कनछेदन कराकर बड़ी दावत करेंगे। आख़िर को परिपाटी टूटेगी कब और कैसे। हमेशा बेटा होने पर ही उत्सव क्यों हो।

पर उत्सव हो नहीं पाया। धीरे-धीरे बृजभान की तबीयत गिरती जा रही थी, खाँसी भी बढ़ने लगी थी। बच्चों का उनके पास जाना कम कर दिया गया था।

कल्याणी ज़्यादातर छोटे बच्चे में मगन रहती। बृजभान अकेले ही नीचे के कमरे में पड़े रहते उनका ज़्यादा ध्यान सुखदा ही रखती। अब सूरजभान भी आते तो सीधे आँगन के उस पारवाले कमरे में बैठ जाते। फिर सब लोग वहीं जमा हो जाते। बसन्त शहर की गहमागहमी में व्यस्त होने लगा था। एक रात अचानक उनकी बेचैनी बढ़ी तो उठ बैठे-नीचे ज़मीन पर सोये किरपा को आवाज़ देकर पानी माँगा। साँस बहुत तेज़ी से चलने लगी थी। पानी का पहला घूँट पीते ही ढेर हो गये।

किरपा ने हल्ला मचाया तो पूरा घर जागा। मोहल्ला जागा। बसन्त किसी क्लब के अध्यक्ष पद का चुनाव लड़नेवाले थे। चुनाव के लिए वोट माँगने मिर्जापुर-भदोही का चक्कर लगाने गये थे। उन्हें किसी तरह ख़बर पहुँचायी गयी। उनका आना दूसरे दिन सुबह हो पाया। उसे देखकर कल्याणी को रोना आया, पर तुरन्त ही सन्तुलित होकर एक किनारे चुपचाप बैठ गयी।

"मणिकर्णिका घाट पर दाह-संस्कार हो तो इन्सान को सीधे स्वर्ग मिलता है। ऐसी मान्यता के चलते बृजभान का दाह-संस्कार मणिकर्णिका घाट पर ही होना तय हुआ। मणिकर्णिका घाट पर जलने को आयी लाशों की लम्बी कतार लगती है। नम्बर आने पर खाली स्थान मिलता है। बसन्त की जान-पहचान से वहाँ नम्बर जल्दी मिल गया। बनारस में घर की औरतें भी घाट पर जाती हैं और जब तक मृतक की कपाल-क्रिया नहीं हो जाती वहीं बैठी रहती हैं। कपाल-क्रिया होने के बाद वहीं गंगा में नहाकर गीले बालों गीले कपड़ों में ही घर आती हैं। ऐसे में दुःख भी किसी सामूहिक आयोजन में बदल जाता है। घर वापस आया तो गंगा नहाकर आयी गीले खुले बाल और बिन्दी-विहीन माथेवाली माँ को देख बहुत बुरा लगा बसन्त को। पर कर क्या कर सकता था। अभी तो तेरह दिन उसे भी ऐसे ही मारकीन की धोती और बण्डी में ही काटने थे। बनारस भीषण कर्मकाण्डों का गढ़ है। स्वयं बसन्त की आस्था भी इन सब में थी। तेरह दिन घर से बाहर नहीं निकलना था। बस शाम को घण्ट बाँधने बाहर जाना होता। शाम को रोज़ पण्डित आते। उसी समय पीपल पर दीप जलवाने ले जाते। गरुड़ पुराण का पाठ रखवा दिया था सूरजभान ने। दो घण्टा पाठ होता घर बाहर के सारे लोग उसे सुनते। माँ और बेटे को तो पूरे दो घण्टे बैठना पड़ता। सुखदा का मन बिलकुल न लगता उसे सुनने में। तेरह दिन आत्मा की यात्रा का ऐसा विकट वर्णन कि इन्सान का जी घबरा जाये। कुछ भी धार्मिक न नज़र आता उसे इस पूरे वर्णन में सिवाय इसके कि समझ कर जाता है। दसवीं और तेरहवीं का वृहत् आयोजन होना तय हुआ। सुखदा को समझ में आया कि अपने यहाँ मृत्यु भी

एक उत्सव की तरह समाज के साथ मनाया जाता है। हाँ रस्मों में थोड़े-बहुत फ़र्क़ के साथ। शुभ कामों में कुछ, मरने के काम में कुछ। पैसा दोनों में ही .खर्च होता है। दिखावा भी दोनों में ही .खूब होता है। पैसा पास न हो तो उधार लेकर करते हैं लोग। अब कल्याणी के घर पैसे की कमी नहीं थी-सो पूरे विधि-विधान से त्रयोदशाह संस्कार हुआ उसके बाद घर पवित्र हुआ।

जीवन फिर पहले जैसी ही गति से चलने लगा। घर का एक कोना खाली हुआ, बस इतना ही महसूस हुआ सबको। कल्याणी के मन का कोई कोना उनसे घिरा ही नहीं था तो खाली क्या होता। सब-कुछ पूर्ववत् चलता रहा। उनके कपड़े, गद्दे-रजाई, दवाइयाँ-चश्में आदि फेंक दिये गये। कुछ कपड़े दान कर दिये गये। तख़त हटा दिया गया। उसकी जगह इस जगह के नाप के दीवान ने ले ली। तोषक तकिया, चद्दर सब मैंचिंग। बीचोबीच एक सुन्दर-सी मेज़ आ गयी। अब कल्याणी का .ज्यादा समय इसी कमरे में बीतने लगा। ऊपर जो कल्याणी का कमरा था, अब बच्चों का हो गया था। सारा दिन उधम मचाते रहते वहीं। बच्चों के खेलने की जगह नहीं थी इस मकान में। वे या तो गली में खेलते या फिर तिमञ्जिले छत पर। सुखदा का ध्यान पूरे समय उन्हीं में लगा रहता। यह मकान बड़ा ज़रूर था, पर बन्द-बन्द-सा था। बच्चों के लिए खुले में मकान की बात सुखदा बार-बार करने लगी थी। दिन-रात की उसकी रटन रंग लायी चाचा जी ने शहर से बाहर विश्वविद्यालय के पास बन रही कॉलोनी में कई प्लाट रख छोड़े थे एक बसन्त के नाम करा दिया था। "इस नवरात्रि से वहाँ काम लगा दो घर बनावाने का।" चाचा जी ने बसन्त को हुक्म दिया।

सूरजभान अब नियम से शाम को इधर आते। नीचे के कमरे में ही बैठकी होती। मकान-दुकान-बीमारी-आरामी सब की बात होती, बढ़ती हुई उम्र के साथ, और प्रसव के बाद कल्याणी चौड़ी हो रही थी, चेहरा और भर आया था। माथे पर बिन्दी सिन्दूर न लगाती तो भी नाक में पड़ी हीरे की कील और कान में हीरे पन्ने के टाप्स लौ मारते, उसके व्यक्तित्व को भव्यता प्रदान करते। बीच-बीच में सफ़ेद होते बालों के साथ कल्याणी अब और भव्य लगने लगी थी। सूरजभान तो मुँह ही देखते रहते कल्याणी का। गाहे-ब-गाहे लोग दबे छिपे शब्दों में कहते थे। अब लोग खुलकर कहने लगे थे। "सुरजू लाला की तो अब चाँदी हो गयी। बसी बसायी गृहस्थी, घैरतिन सहित मिल गयी उनको। जो अड़ंगा था वह भी .ख़तम।" बाहर अक्सर ही सुनना पड़ता सुखदा को "सूरजभान रखे हुए हैं बसन्त की अम्माँ को।" सुनती तो चिढ़ तो लगती सुखदा को पर घर आते-आते गुस्से का चढ़ा हुआ ज्वार तर्क की सान

चढ़ शान्त हो जाता। तर्क अपने आप से ही करती सुखदा। सोचती "रखे हुए हैं" का क्या मतलब है? यह कौन-सा रिश्ता हुआ? जो कुछ है सबके सामने है, खुला एकदम। चाचा जी आते ज़रूर हैं पर पूरे परिवार के सामने बैठते हैं, बतियाते हैं। बाहर भी जब घूमने गये हैं परिवार के साथ। और-तो-और वह इलाहाबादवाली मौली के परिवार को भी साथ ले लेते हैं। रज्जन मामा, कान्ति मामी चल सके तो उनको लेने में उन्हें ख़ुशी होती है। नेपाल, सिंगापुर, श्रीलंका, थाईलैण्ड तो सुखदा भी घूम आयी है। जुड़ाव अम्माँ का शादी के समय से था अब उसका वें क्या करें! इतनी उम्र में भी एक औरत को अपने मन पर अधिकार नहीं होना चाहिए क्या? मन पर ही क्यों अपने शरीर पर भी क्यों उसका हक़ नहीं होना चाहिए। उसके एकान्तिक संसार में भी समाज और समाज की दोहरी नैतिकता घुसी रहे, जो मर्द के लिए कुछ और है और औरत के लिए कुछ और। सुखदा को ये सोच कहाँ से मिली पता नहीं पर मिली है। और इसीलिए इस सन्दर्भ में उसने कभी बसन्त से बात करना भी ज़रूरी नहीं समझा।

एक साल बाद बृजभान की बरसी भी शान से हुई बरसी के बाद सुखदा ने ही सूरजभान से कहा।

"बहुत मनहूसियत हो गयी है बाबू जी की मौत के बाद घर में। कहीं घूमने नहीं चलेंगे?

"ज़रूर चलेंगे। तुम्हारा कहना कभी हमने टाला है क्या? खुले में मकान चाहती थी। इसी नवरात्र से मकान के बनने का काम बसन्त शुरू करवा देगा। अब घूमने की बात कह रही तो वह भी पूरी हो जायेगी। इसी अक्टूबर हमारे काठमाण्डूवाले व्यापारी की बिटिया की शादी है। सब चलेंगे। वहाँ से पोखरा घूमते हुए आयेंगे।"

रुक कर फिर थोड़ा सुखदा की तरफ़ सवाल फेंका—"भई हम तो आपकी सब माँग पूरी कर रहे हैं। हमारी एक ही माँग है आप उसे तो पूरी कर दें। हमसे जो माँगेगी देंगे।" सुखदा जानती है - एक बेटे की चाह है उनकी, सुखदा की दो बेटियों के बाद भी।

कल्याणी, सुखदा की तरफ़ देखकर मुस्कराने लगी। सुखदा साक्षी के सिर पर तेल लगा, चोटी कर रही थी। "चाचा जी, दो बच्चे होने थे हो गये। अब तीसरे की

हिम्मत नहीं हमारी।" हालाँकि देख रही थी प्रौढ़ावस्था में बेटा हो जाये तो जैसे जाती उमर में औरत के लिए वक़्त ठहर जाता है। घर-परिवार में औरत की प्रतिष्ठा अपने-आप बढ़ जाती है। सबको वंश का नाम चलाने के लिए बेटा चाहिए। यही बात सूरजभान ने दोहरा दी "वंश चलाने को एक बेटा तो चाहिए। आखिर को एक अकेले ही तो थे बृजभान। अब उनका ही तो सारा फैलावा है यह। पूरा घर-परिवार, बसन्त, तुम, बच्चियाँ और देखो यह शिवम।" हाँ, देखती-समझती है सुखदा। अम्माँ शिवम के होने के बाद कितना बदली है। अब वह उसे ही सबसे ज़्यादा प्यार करती है।

सुखदा की माँ कहती थी "पेटपोछना बच्चा हमेशा सबसे दुलारा होता है।" अगर पेटपोछना बच्चा लड़का न होकर लड़की हो तो? अगर शिवम की जगह बेटी हुई होती तो भी क्या माँ उसे इतना ही प्यार करतीं? इतनी ही महिमा-मण्डित होती? सुखदा का मन प्रतिरोध में उठ खड़ा होता है इस बात से। कभी-कभी सुखदा को लगता है कि रत्ना दीदी को कैसे अलगा दिया सबने। जो कि उसके दुःख संकट में पूरा प्रश्रय मिलता है उसे मायके का, पर फिर भी वह जैसे इस घर का हिस्सा रही ही नहीं, न ही उसके बच्चे लगते हैं इस घर के। अपना दुःख, अपना संघर्ष, संकट, स्वाभिमान से रत्ना दीदी अपने तक ही रखती रही हैं। इस घर से क्या कभी किसी ने जानने की कोशिश की कि उनकी ज़िन्दगी कैसे चलती है। प्यार-दुलार, सुख-सुविधा सब मिलती है पर कृपा की तरह अधिकार की तरह नहीं। मनों पर भी जैसे मान्यताओं की जकड़न होती है। खूब समझने लगी है सुखदा। सारा सुख एक मूल्य देकर ही मिलता है। आपकी अपनी मर्ज़ी से नहीं मिलता। पर्त-दर-पर्त खुलता है यह एहसास अगर आपमें सोचने विचारने की शक्ति हो। वह भी हर लेता है औरतों से हमारा समाज। कितनी ही बातों की टीस दाल में कंकड़ की तरह गड़ती है सुखदा को। सोचा था उसने साक्षी और निधि अब बड़ी हो रही हैं। बाबू जी के दायित्वों से भी मुक्ति मिल गयी है। बसन्त अब काम के सिलसिले में ज़्यादा और ज़्यादा व्यस्त होते जा रहे हैं। कुछ काम कर ले। बी. एड. करके नौकरी कर ले। इस बात की चर्चा की थी कल्याणी ने शाम को सूरजभान के आने पर। एक ही पल में ध्वस्त कर दिया था उन्होंने इस विचार को "बहू कैसी बात कर रही हो।" आगे कुछ कहते उसके पहले ही कोने में खड़ी सुखदा ने बात रख दी, "इसमें बुरा क्या है चाचा जी? घर में बैठे बैठे समय नहीं कटता।" "तो घर के काम करो सिलाई कढ़ाई, बुनाई। टी.वी. आ गया है तरह-तरह के कार्यक्रम देखो।"

''उसमें मेरा मन नहीं लगता! फिर इतनी पढ़ाई-लिखाई करायी आपने। वह कब काम आयेगी? शोरूम में काउण्टर पर ही बैठने दीजिये। हिसाब-किताब तो मैं कर सकती हूँ।'' सुखदा ने हिम्मत करके कह ही दिया। शिवम ने अभी दसवीं ही पास किया है पर वह बिजनेस सँभालने लगा है। बहू-बेटियाँ क्यों नहीं सँभाल सकती! क्या उनमें बुद्धि और सामर्थ्य की कमी है? उनकी भूमिकाएँ हमने पहले से तय कर दी हैं। हिम्मत करके यह बात कह तो दी, पर जानती थी इसका असर बुरा होनेवाला है। ''इतना बोलना कहाँ से सीख गयी बहू? वकीलों की तरह जिरह ही करने लगी।'' सूरजभान ने कल्याणी की तरफ़ देखकर कहा।

''अपने ही पढ़ाया है चाचा जी और पढ़ना-लिखना सोचना भी सिखाता है, सही-ग़लत समझना भी- कल्याणी ने सुखदा का पक्ष लिया– ''धैर्य से धीरे-धीरे सुखदा ने भी कहा–''समय आ रहा है चाचा जी, जब लड़कियाँ भी बखूबी करेंगी'' जब मुँह खोल ही दिया है तो मन में उमड़ती बात कह ही दे सुखदा ने यही सोचकर बात आगे बढ़ायी, ''अपनी बेटियों के लिए फ़िलहाल मैं ऐसा ही सोचती हूँ।'' ''पर जान लो, बहू वह समय आने में अभी देर है और जब आयेगा हम नहीं होंगे तब जो जी में आये करना'' कहकर सूरजभान एकदम से उठ लिये। उसकी बात आयी गयी होकर रह गयी। सुखदा का मन, ख़राब होकर रह गया।

धीरे-धीरे कल्याणी भी बदलने लगी थी, ऐसा सुखदा देख रही थी। कल्याणी परिवार में सत्ता की प्रतीक बनती जा रही थी। घर में, समाज में, व्यवसायी बिरादरी में प्रतिष्ठा बढ़ती ही जा रही थी। उसके साथ ही ठसक और रुतबा भी। कल्याणी में आ रहे इस परिवर्तन का एहसास सबसे ज़्यादा सुखदा को होने लगा था। साथ-ही-साथ उनके बीच दूरी आने लगी थी। शिवम को पूरे परिवार का लाड़-प्यार थोड़ा बिगाड़ रहा था। स्कूल से कभी भी ग़ायब हो जाता। कभी दोस्तों के साथ घाट पर पतंग उड़ाने चला जाता कभी किराये पर नाव लेकर चलाता रहता दिन भर। पिक्चर का पहले दिन पहला शो देखना होता उसे, हमेशा। सामान उसे बाज़ार का सबसे महँगा चाहिए होता और वह उसे उसका बड़ा भाई दिला ही देता। साथ ही बिजनेस के गुर भी सीखता चला गया। सुखदा को लगता इसलिए कि उसे सीखने दिया जाता है।

विद्रोह सिर उठाने लगा था सुखदा के भीतर। भला घर? क्या-क्या होता है भले घर में देखती आ रही है जब से ब्याहकर आयी है इस घर में। मुँह खोलने का

अधिकार नहीं था या लाड़-प्यार से मुँह बन्द करा रखा था इसलिए कभी मुँह नहीं खोला। पर उसके मुँह न खोलने से बात छिपी रहती क्या? जैसे-जैसे कैशोर्य आ रहा है शिवम पर, उसका चेहरा-मोहरा, उँगली-नाखून, हाव-भाव, उसका बोलना, चलना इतना मिलने लगा है चाचा जी से कि लोग कह ही देते हैं "छापा उतार सरजू लाला को पड़ा है छोरा।" चुहल लेते हुए लोग दुकान पर चर्चा करते रहते हैं "अरे भाई बच्चा जब पेट में होता है उस समय जच्चा जिसके बारे में सोचती रहती है, बच्चे की शक्ल उसी तरह की हो जाती है।"

"और क्या। हमारे पड़ोसवाली सहुयानी, दिलीप कुमार की महान् फ़ैन थी। उनके जब पहलौठी का बच्चा होनेवाला था वह दिलीप कुमार के बारे में सोचती रहती थी "गंगा जमुना" जाने कितनी बार देख डाली थी। अब धीरेन्दरवा को देखा। कितना मिलता है दिलीप कुमार से।" ओझा जी ने बात जोड़ी। लोगों को मज़ा आ रहा था।

"ए भाई इहाँ त कौनो सोचे की बातै ना हौ। एम्में कौनो शको-शुबहा की बात ना हौ। ई तो उनहीं के हौ भइयां। जानते तो है सारा राज-काज सुरजू बाबू का ही तो रहा है, जब से भवाली गये हैं बड़े भइया। अब जब सारा राजपाट उन्हीं का तो बेटवा काहे किसी और का होगा! हैं?" द्वारी बाबू ने चुटकी ली और सब ज़ोर से हँसने लगे। सारी बातें सड़कवाली दुकान पर हो रही थी जिसे केशव मौसा जी देखते थे। उन्हें ख़र्चा-पानी इसी दुकान से मिलता था। वे घबराये। बसन्त के कान तक बात पहुँची तो उनका ख़र्चा-पानी बन्द हो जायेगा। जीवन में बहुत अरसे बाद थोड़ा इत्मीनान आया था। बीवी भी प्रसन्न थी। यह सुख और इत्मीनान खोना नहीं चाहते थे अब। सो टोकना पड़ा सबको, वरना इस प्रसंग में मज़ा तो उन्हें भी ख़ूब आ रहा था। "ए भाईं आप लोग ई सब पंचायत इहाँ न करिये। क्या सच क्या झूठ, हम आप क्या जाने। पर ई सब बसन्त को पता चला तो बहुत नाराज़ होगा। और उसका गुस्सा तो जानते ही हैं आप सब। सौ की सीधी बात अपने भाई को बहुत प्यार करता है और माँ की इज़्ज़त भी। चलिये भाई लोगों दुकान बढ़ाने का समय हो रहा है।" देखने-सुनने में ही नहीं, बुद्धि में भी शिवम सूरजभान पर गया था। कुशाग्र बुद्धि था शिवम ठीक सूरजभान की तरह चटक। सभी काम बहुत जल्दी-जल्दी सीखता जा रहा था। बसन्त की ज़िम्मेदारियों में हाथ बँटाने लगा था। इस बीच सूरजभान का स्वास्थ्य गिरने लगा था। उसको लेकर चिन्ता पूरे घर को होने लगी थी।

सुखदा को भी प्यार दुलार तो बहुत दिया है उन्होंने उसको भी चिन्ता होती। सबसे बढ़ तो अम्माँ की चिन्ता होती है, उसे और बसन्त को।

धीरे-धीरे उनका शाम को आना कम होने लगा था। अम्माँ की शामें तो उनके आने से ही गुल़जार होती थीं। उनके जीवन की धुरी रहे हैं चाचा जी। और सच कहें तो पूरे परिवार की ही। परिवार के लोगों के पास व्यस्त रहने के अनेक कारण हैं पर अम्माँ के पास या तो टी.वी. या फिर चाचा जी। उनके न आने से थोड़ी चिड़चिड़ी होने लगी थी कल्याणी।

अवान्तर प्रसंग

सुन्दरपुर में बन रहा नया मकान पूरा होने को आ रहा था। बसन्त का बहुत सारा समय वहाँ निकल जाता। कॉलेज से आने के बाद जब शिवम दुकान पहुँच जाता तब बसन्त साइट पर चला जाता। बीच-बीच में बसन्त का विदेश का चक्कर लग जाता, जहाँ उसका काम फैल रहा था। सुखदा चाहकर भी बसन्त के कारोबार में उसका हाथ न बँटा पायी। शिवम बँटा लेता था।

तमाम सावधानियों के बाद भी सुखदा तीसरी बार प्रेगनेंण्ट हो गयी। उसे पता था कि यह .ख़बर सुनकर सभी .ख़ुश हो जायेंगे। पर वह .ख़ुश नहीं हो सकी बल्कि परेशान हो गयी। दोनों बेटियाँ अपने हाथ-पाँव की हो गयी हैं। अब वह फिर से छोटा बच्चा पालने के झंझटों में नहीं पड़ना चाहती थी। किसी को बताया नहीं पर अगर अबॉर्शन भी करवाना है तो बताना तो पड़ेगा किसी-न-किसी को। रात कमरे में आया बसन्त तो उसने ही पूछा, ''क्या बात है सुखदा परेशान दिख रही हो दो-एक दिन से।''

''परेशानी की बात हो गयी न। पिछली बार कहा था तुमसे-लापरवाही कर गये अब भुगतो।''

अपने काग़ज़ पत्तर किनारे रख, बसन्त सुखदा के पास आ बैठा। ''अरे यार तो इसमें इतना मुँह उतारने की क्या बात है, कोई चोरी का है क्या?''

''तुम्हें क्या? परेशानी तो हमको उठानी पड़ेगी'' सुखदा खीझकर बोली। सुखदा का ध्यान दूसरी तरफ़ न चला जाये इसलिए बसन्त ने तुरन्त बात पलटी

"देखो सही बात है शरीर तुम्हारा है, झेलना तुम्हें ही है, इसलिए फ़ैसला तुम ही लोगी। मैं तुम्हारे साथ हूँ। पर एक बार सोच लो। सब की इच्छा है एक बेटे की। चाचा जी, अम्माँ, रत्ना सभी चाहते हैं।"

"तुम्हें पता है कि यह लड़का ही है?" "सुखदा ने आँख तरेरी" तीसरी लड़की हुई तो? क्या करोगे? फिर जहाँ तक बेटे की बात है शिवम है तो। हमारे लिये तो बेटे जैसा ही है।" "पर वह है भाई ही। बाबू जी एक पोते की बात करते-करते चले गये। अब चाचा जी भी बीमार चल रहे हैं। क्या हम उनकी इतनी-सी इच्छा पूरी नहीं कर सकते।"

बसन्त ने बताया नहीं अभी भी कि चाचा जी की आवाज़ जो बैठने लगी थी उसकी जाँच करायी गयी तो डॉक्टर कुछ गम्भीर रोग होने की आशंका जता रहे हैं। उन्होंने उनको दिल्ली या बम्बई ले जाकर चेकअप कराने की बात कहा है। जीजा जी शायद अगले हफ़्ते लेकर जा रहे हैं।

"पर तीसरी लड़की हुई तो कोसना मत उसको। हम बर्दाश्त नहीं करेंगे। बता दे रहे हैं।" सुखदा ने दो बेटियों को लेकर घर-परिवार में व्याप्त ठण्डापन देखा है। इसका दुःख उसने गहरे से झेला है। बेटा होने पर किसी विवाह जैसे उत्सव होते खूब देखे हैं उसने इस शहर में बेटे-बेटी का फ़र्क़ ख़ूब अच्छी तरह दिखायी पड़ता है। यह दिल दुखाता है उसका।

"इस बार चाहे बेटा हो चाहे बेटी बड़ा आयोजन करना पड़ेगा आपको। बता दे रहे हैं हम।" सुखदा लगभग सहमत होती-सी लगी बसन्त को। बाँहों में लेते हुए बिस्तर पर पसर गया, "और जब हँसेंगे लोग तब। पेटपोछने बच्चे पर यह उत्सव।"

"अच्छा जब अम्माँ को शिवम के होने पर उत्सव करते लाज न आयी तो हमें क्यों! हमारी तो अभी छह बच्चे करने की उम्र है।"

"अच्छा जी अभी तो तीसरी प्रेगनेन्सी पर खीझ रही थीं अब छह-छह का हौसला हो गया।" बसन्त हँस पड़ा।

"धत! हमने एक बात कही इसके बाद कोई भी चांस लेने की हिम्मत न करना। और यह तो बताओ तुम्हें लोगों की चिन्ता कब से होने लगी?" तुम तो समाज की चिन्ता कभी नहीं करते थे?"

अम्माँ के प्रसंग में सुखदा ने बसन्त की कही बात का ज़िक्र कर दिया तो बसन्त गम्भीर हो गया "तुम्हें कितनी बार कहा है इस विषय पर मैं कोई बात नहीं करना चाहता। इसका ज़िक्र मत किया करो।" बसन्त उठकर फिर मेज़ पर वापस पहुँच गया, अपने कागज़ पत्तरों के पास। सुखदा उठकर आयी पीछे खड़ी होकर बोली, "हम आपस में ही तो बात कर रहे हैं वो भी खुलकर नहीं कर सकते क्या? तुमसे ही तो कह रहे हैं। अम्माँ से कभी कुछ कहा क्या?" सुखदा को भी यह प्रसंग आ जाना अच्छा नहीं लग रहा था, पर बात आ ही गयी तो क्या करती। "और कभी कहना भी मत। मैं बर्दाश्त नहीं करूँगा।" अपना चश्मा लगाकर कागज़ों में कुछ ढूँढने लगा बसन्त। सुखदा पलटकर पलँग पर आ बैठी। नींद आँख से ग़ायब थी।

जिसका सारे ज़माने में था ज़िक्र

बच्चों के प्रसंग को भूलकर अम्माँ पर दिमाग़ आ गया सुखदा का। उसे याद आया जब सरोज मौसी ने उसे ठाकुर प्रसाद जी के यहाँ शादी की दावत में फुसफुसाकर बताया था, लोग क्या-क्या कहते हैं। कितनी बातें होती हैं उनके बारे में। अम्माँ नहीं गयी थीं शादी में। मौसी के पूछने पर सुखदा ने बताया।

"तबीयत ठीक नहीं थी उनकी।"

"तबीयत ठीक नहीं थी या चाचा जी नहीं आ रहे थे इसलिए नहीं आयी।"

"नहीं ऐसी बात नहीं है। सचमुच उनका ब्लड प्रेशर हाई था।"

"हाँ भाई अब तो वह सब जगह भाई साहब के साथ ही आने लगी है। चाचा जी का बुलौवा नहीं था क्या इनके यहाँ? रहा ज़रूर होगा। वह नहीं आये। अम्माँ को देखने आये होंगे।" .ख़ुद ही सवाल कर .ख़ुद ही जवाब देती जा रही थी सरोज मौसी। सुखदा उनकी बातों में छिपे इशारे समझकर भी टाल रही थी।

"नहीं, यह बात नहीं। उनका कहीं जाने का मन नहीं करता।" सुखदा ने जवाब दिया।

"हाँ, क्यों करेगा बेटा, जब सारा सुख वहीं घर पर ही हो।" सरोज मौसी ने साफ़-ही-साफ़ चोट की।

सुखदा समझ नहीं पायी इसका जवाब कैसे दे। उसने इतना ही कहा। "कैसी बात कर रही हैं मौसी जी। आप तो उनकी बहन हैं। आप तो सब जानती हैं।"

"अरे बेटा तभी तो और बुरा लगता है। लोग जब कहने लगते हैं तो बुरा तो लगता ही है।"

"हमसे तो कोई कुछ नहीं कहता।"

"तुम बिरादरी में ज़्यादा निकलती नहीं न इसीलिए। वरना कहनेवाले तो बहुत-कुछ कहते हैं।" सुखदा अपनी बच्चियों को समेटकर पास रखने में ही परेशान थी। भागी जा रही थीं दोनों बारात देखने, बाहर।

"अब तुम्हें क्या बतायें जी" सरोज मौसी सुखदा के पास सरक आयी। कहने लगी "दो दिन पहले, सड़कवाली दुकान पर तुम्हारे मौसा जी से लोग कहने लगे। बड़ी पंचायत किये सब।" हाथ नचाकर बोलने और फिर बात को आधी बताकर आधे को जिज्ञासा के लिए अधर में लटका देने की पुरानी आदत है मौसी की। सुखदा ने पूछ ही लिया, "क्या कह रहे थे मौसी जी।"

"जाने दो बेटा। अब क्या कहें। सुनोगी तो तुम्हें भी बुरा लगेगा।" सुखदा ने कहा, "अब छेड़ दी है, तो बता ही दीजिये।" जानती है कि इस तथ्य तक पहुँचने के लिए ही तो उन्होंने पूरी बात छेड़ी है। शादी जैसे औपचारिक आयोजनों में सुखदा के लिए समय काटना भी तो एक समस्या होती है। इन शादियों में औरतों और मर्दों का जमावड़ा अलग-अलग हो जाता है। भीतर जनाना, बाहर मर्दाना। जब से बिरादरी में बसन्त की प्रतिष्ठा बढ़ी है न्योता अधिक आने लगा है। कार्ड 'सपरिवार' लिखकर आता है तो उसे जाना ही पड़ता है। ऐसी स्थिति में औरतों के बीच अनावश्यक बतकही होती है, जिसमें ज़्यादातर सुखदा मूक श्रोता ही होती है। पर अभी वह मूक श्रोता नहीं रह गयी थी। उसके मन में भी उत्सुकता जाग उठी थी। समाज-बिरादरी में अम्माँ को लेकर सुगबुगाहट की भनक उसे थी, पर दरअसल मुद्दा है क्या—वह साफ़-साफ़ जानने की उत्सुकता उसे भी होती थी।

"साफ़ साफ़ ही कह रहे थे कि शिवम सूरज भाई साहब का बेटा है। बृज जीजा जी का नहीं।" कान में लगभग फुसफुसाकर कहा सरोज मौसी ने अपनी समझ

से सरोज मौसी ने वज्रापात ही किया था, सुखदा को कोई हैरानी नहीं हुई" बोली, "यह उन लोगों को कैसे पता? उन लोगों ने यह देखा सुना है क्या? लोग तो ऐसे ही कुछ भी कह देते हैं।" सुखदा ने हमेशा की अपनी अच्छी छवि को बिगाड़ने का ख़तरा किसी के लिए टाल दिया। सरोज मौसी थोड़ा आहत हुईं जैसी प्रतिक्रिया चाही थी मिली नहीं।

"हाँ सो तो है ही। दुनिया है। औरत के बारे में हज़ार बातें करेगी। जब सीता जी को नहीं बक्शा तो हम लोग कौन चीज़ हैं बहू। पर फिर भी तुम तो उनके साथ रही हो तुमसे कुछ थोड़ी न छिपा होगा।" अब मौसी जी असल मुद्दे पर आ गयी थी। वह दूसरों के बहाने से उसके अन्दर की बात निकलवाने की कोशिश कर रही सुखदा को ताज़्जुब नहीं हुआ। न अम्माँ को लेकर कही गयी बात पर न ही मौसी जी के इस तरह खोदकर पूछने पर। उसे कुछ कहना नहीं था। सच का आभास उसे था। उसके कानों में जनेऊ में बँधी चाभियों की एक लय में बँधी आवाज़ अक्सर गूँजती है।

उसी रात बसन्त से बता बैठी थी सुखदा। उखड़ गया एकदम, "कौन लोग थे जो कह रहे थे। पूछूँगा मैं कल मौसा जी से। और सरोज मौसी को शादी में यही बात करने को मिली थी। और क्या ज़रूरत थी तुम्हें यह बात मुझे बताने की।"

"अरे ऐसी, वैसी या कैसी भी बात मैं तुम्हें नहीं तो किसे बताऊँगी! सवाल यह नहीं है कि कौन क्या कह रहा है, किससे कह रहा है, या कहाँ कह रहा है। सवाल तो है कि क्या यह सच है और तुमसे बेहतर कौन जानेगा सच क्या है।" तब पहली बार सुखदा ने इस प्रसंग पर सीधे-सीधे बसन्त को घेरा था पर वह घिरनेवाला नहीं था।

सच का सामना यूँ भीरु

"क्या फ़र्क़ पड़ता है इससे कि यह सच है या झूठ। उनका पूरा जीवन सामने है हमारे। कुछ भी तो छिपा हुआ नहीं है। मैंने देखा है सब-कुछ। माँ है वह मेरी जब वह लोगों के घर महराजिन का काम करके, बड़ी-पापड़ बना-बनाकर या अचार मुरब्बे-डाल-डालकर मुझे और रत्ना को पाल रही थी तब कहाँ थे ये लोग उँगली उठानेवाले? और सुखदा मुझे भी क्या अधिकार था अम्माँ को सुझाने का कि वह क्या करे, क्या न करे।" थोड़ी देर रुककर फिर बोला, "उनकी एक निजता भी थी जिसमें

झाँकने का कोई अधिकार किसी को भी नहीं। मुझे भी नहीं।'' बसन्त ने बात को एक गम्भीर मोड़ दे दिया था।

''मैं भी, उनकी बहुत इज़्ज़त करती हूँ बसन्त! मैंने उन्हें कब कुछ कहा? पर दुनिया का मुँह तुम बन्द नहीं कर सकते।'' हकलाने लगी थी सुखदा बसन्त ने आराम से जवाब दिया, ''उसकी ज़रूरत भी क्या है? सही-ग़लत, पाप-पुण्य किसने तय किया है? हमने ही न? जीवन या इन्सान इस सबसे बड़ा है।'' बसन्त का ये रूप सुखदा के लिए बिल्कुल नया था। कब विकसित हुआ...कैसे? क्या इन प्रश्नों से पहले से ही जूझता रहा है बसन्त! जो भी हो सुखदा अभिभूत थी।

"तिल-तिल कर उनका रोना-कलपना और फिर-फिर कमर कसकर उठकर खड़ा होना देखा है मैंने सुखदा। मैंने देखा है उनका अभाव उनका संघर्ष और उसमें भी उनका स्वाभिमान। जीवन में इतना कुछ सहा है उन्होंने। जो कुछ उन पर आ पड़ा एक अनचाहा जीवन, जीवन साथी। फिर उसका आतंक, पैसे-पैसे की तंगी, पति की बीमारी, सब-कुछ अकेले ही झेला है उन्होंने। चाचा जी के आने से उनके जीवन में अगर चार छींटे प्रेम के आये तो क्या बुरा हुआ। किसी का कुछ भी तो नहीं बिगड़ा, कुछ भी तो नहीं।"

''मैं बिलकुल इसी तरह सोचती हूँ। पर क्या करूँ समाज का भय रह-रह मुझे घेरता है बसन्त। तुम्हारी तरह मज़बूत नहीं हूँ।'' सुखदा बसन्त के सीने से लग गयी, एक अपराध-बोध उसमें घर कर गया था।

बसन्त जैसे माँ की पैरवी में खड़ा था बोलता ही गया। ''तुम तो औरत हो। तुमको तो समझना चाहिए, यह सब-कुछ। बच्चा किसका है यह बात सिर्फ़, एक औरत ही जान सकती है, कोई और नहीं। एक बात गाँठ बाँध लो आज अम्माँ के जीवन में दोनों की उपस्थिति बराबर से रही है। एक औरत का पति के अतिरिक्त किसी अन्य पुरुष से कोई और रिश्ता भी तो हो सकता है। मित्र का, सखा का! अनुराग का रिश्ता क्यों नहीं हो सकता!

''मेरा किसी से हो तो तुम मानोगे? ''सुखदा ने सीधे-सीधे पूछा था बसन्त से।

"हाँ क्यों नहीं! मानने में तक़लीफ़ होगी पर उसका कोई आधार होना चाहिए। सिर्फ़ परम्परा तोड़ने के लिए नहीं।" बसन्त ने जवाब दिया।

सुखदा की बोलती बन्द हो गयी थी। बसन्त के इस रूप को देखकर उसे बहुत मान भी हो रहा था उस पर। सुखदा से अलग जाकर खिड़की से दूर देखते हुए बोलना जारी रखा बसन्त ने "सुखदा, यह सब-कुछ मथता रहा था, मेरे दिमाग़ को एक लम्बे समय तक। ऐसा नहीं कि मैंने ये सब नहीं सुना और दुःखी भी हुआ पर माँ पर आस्था कभी कम न हो पायी मेरी। माँ की छवि मेरी आँखों में ख़राब न हो सकी। लगा कि एक माँ, अपने तीन बच्चों को एक जैसा प्यार कर सकती है तो एक औरत दो को प्यार क्यों नहीं कर सकती! प्यार कोई पैसा नहीं जो देने से घट जायेगा।"

"पर बसन्त हमारा धर्म? हमारी नैतिकता?" सुखदा से रहा नहीं गया। उसने पूछ ही लिया।

"कौन तय करेगा? हम ही तो। सहजता से जो कुछ नैसर्गिक है, सकारात्मक है, उसका स्वीकार क्यों नहीं? पुरुष ने आदिकाल से आज तक एक से अधिक पत्नियाँ, उनके अतिरिक्त प्रेमिकाएँ रखीं। उन्हें धर्म समाज़ ने स्वीकार किया? और द्रौपदी को इसकी भी सज़ा दे दी कि उसने अर्जुन को बाक़ी पतियों से अधिक प्यार क्यों किया? जैसे कि औरत के मन पर भी बटखरा रख दिया।"

वह खिड़की से हटकर सुखदा के पास पलँग पर आ गया, बोला।

"सुखदा ज़्यादतियाँ हमेशा से होती रहीं, हमने कभी सवाल नहीं किया क्योंकि धर्म, आस्था का मामला रहा, उसमें तर्क करने की छूट नहीं थी। तुम तो जानती हो मैंने ग़रीबी के दिनों में दस आने, सोलह आने के लिए कभी 'अखण्ड रामायण' तो कभी सुन्दरकाण्ड का पाठ किया घर-घर जाकर। विशेष अवसरों पर महाभारत का अंश भी पढ़ा। जैसे 'मरा-मरा' करते 'राम-राम' हो जाता है वैसे ही मशीनी तरीक़े से पढ़ते-पढ़ते भी कुछ प्रश्न दिमाग़ में घूमते रहते थे। उनके जवाब तब नहीं मिलते थे पर ज़िन्दगी ने दिये धीरे-धीरे। उन्होंने मुझे दृष्टि दी, अम्माँ को अलग नज़रिये से देखने की। मुझे वह कभी भी अपराधी नहीं लगीं।" थोड़ा रुककर निर्णय-सा दिया बसन्त ने "जान लो, शिवम जिसका भी बेटा हो अम्माँ के नाते वह मेरा भाई है। और मैं कभी भी कहीं भी सारे समाज के मुकाबले अम्माँ के साथ हूँ। रहूँगा।"

बसन्त आज न जाने कब से मन में संचित ये बातें सुखदा से साझा कर रहा था। सुखदा को बहुत अच्छा लग रहा था। बसन्त का यह रूप उसे एकदम नया लग रहा था। जैसे आज कोई दूसरा ही बसन्त मिल रहा था उससे। उसे लगा उसका पति दुनिया से अनोखा है। दुनिया के दूसरे मर्द ऐसा क्यों नहीं सोचते? कभी सोचेंगे क्या??

सूरज डूबा

नाटी इमली पर भरत-मिलाप देखने गये थे सब लोग। सूरजभान की वजह से सबको विशिष्ट स्थान पर बिठाया गया था। अन्देशा तो सुखदा के ऐसी हालत में भीड़ में तबीयत .ख़राब होने का था, पर तबीयत बिगड़ गयी सूरजभान की। पैट्रोमैक्स की लाइट से उठते धुएँ और भीड़ की वजह से सूरजभान की साँस जो उखड़ी तो सबको उन्हें लेकर अस्पताल भागना पड़ा। आई.सी.यू. में रखा गया उन्हें। बसन्त का तो हाथ-पाँव फूल गया। मकान-दुकान सब भूल गया। शिवम ने ही सँभाला सब-कुछ। सूरजभान के बेटी-दामाद भी अस्पताल में आते-जाते रहे बराबर। आते-जाते बसन्त से टकरा ही जाते। कल्याणी का जी लगा रहता अस्पताल में, पर जा न पाती। बसन्त उन्हें ले जाता, उस समय जब मधु दीदी और जीजा जी नहीं होते। कल्याणी का कम आ पाना और उसका घर में छटपटाना .ख़ूब समझते थे सूरजभान। कल्याणी आती तो न जाने कितने बीते-बिसरे प्रसंग याद आते उन्हें। उनके मन में आता काश दोनों घरों की अगली पीढ़ी में रिश्ते सहज हो जाते। पर जानते थे यह सम्भव नहीं। तक़लीफ़ बढ़ने लगी थी। उनके गले में कैंसर की शंका कर रहे थे डॉक्टर। उसका इलाज असम्भव नहीं पर कठिन और .ख़र्चीला था। बम्बई जाने की बात हुई कल्याणी आयी, अन्तिम दिन अस्पताल में। सूरजभान ने कल्याणी को कुछ ऐसी निगाह से देखा जैसे वे सबके सामने कभी नहीं देखते थे। कल्याणी ने पूछा, ''ऐसे क्यों देख रहे हैं मुझे? जैसे अन्तिम बार देख रहे हों।

''क्या पता अन्तिम ही हो। चला-चली की बेला आ रही है पण्डितानी। क्षमादान तो मिलेगा न।'' लेटे-लेटे ही दोनों हाथ जोड़े, उन्होंने। कल्याणी का बस चलता तो आगे बढ़ हाथ पकड़ लेती सूरजभान का। पर सामने सुखदा-बसन्त और किरपा सब स्टूल खींच बस थोड़ा आगे बढ़ गयी। ''ऐसा मत कहिये। अभी आपको पोते का मुँह देखना है। आप बम्बई ठीक होने ही तो जा रहे हैं।''

"हाँ चाहता तो हूँ कि इतना समय मुझे मिल जाये। पर पता नहीं।"

सुखदा दूसरी तरफ़ बैठी थी। बोल पड़ी, "चाचा जी, आप ठीक होकर आयेंगे। तब हम धूमधाम से बच्चे की पाटी करेंगे। ये आपको लेकर वापस ज़रूर आयेंगे।"

"नहीं। बसन्त साथ नहीं जायेगा बहू। इसकी इण्डोनेशिया मलेशिया तरफ़ की ट्रिप लगी है। बड़ी डील होनी है। फिर तुम्हें भी देखना है। वहाँ होकर लौटेगा तब बम्बई होते हुए लौटेगा। अभी हमारे साथ पुरुषोत्तम और बिश्वनाथ बाबू जा रहे हैं।" "चलूँ लाला जी" आज पहली बार कल्याणी ने सूरजभान को इस सम्बोधन से बुलाया। माथे पर हाथ रखा उनके, "घबराना मती। हम यहाँ से प्रार्थना करते रहेंगे।" आँख के आँसू छिपा गये सूरजभान। सिर्फ़ हामी भरी "हाँ, कहा-सुना माफ़ भी करना।" "शिवम नहीं आया?" अचानक उन्हें शिवम की याद आयी "दुकान सम्हाल रहा है। बन्द करते ही आयेगा बेटा।" कल्याणी ने कहा और मुड़ ली बाहर की ओर। तेजी से आँख में आ गये आँसू छिपाती हुई।

सूरजभान बम्बई ले जाये गये। बसन्त साथ ही गया। वहाँ इलाज का सारा इन्तज़ाम कर बसन्त इण्डोनेशिया मलेशिया और उधर के देशों की यात्रा के लिए निकल गया।

सूरजभान का कैन्सर एडवांस स्टेज पर था। इलाज सम्भव नहीं था। डॉक्टरों ने कह दिया, "जहाँ हैं उसे उतने पर भी रोकना सम्भव नहीं है। इसलिए इन्हें घर ले जाइये। किसी खुली जगह पर स्वास्थ्य लाभ के लिए रखिये। हम इनके दर्द को कम करने और जितना जीवन बचा है उसे बेहतर बनाने की कोशिश भर कर सकते हैं।" उन्हें वापस घर लाया गया। कल्याणी को .ख़बर मिली। उसका मन लगा रहा उन्हें एक बार देखने को। अस्पताल में होते, ज़रूर देख आती पर उस कोठी पर जाना उसके लिए निषिद्ध था। बसन्त भी नहीं था और न ही शिवम वहाँ जाने को बिल्कुल तैयार था। रत्ना जाकर देख आयी थी। उसने भी अम्माँ को वहाँ जाने से मना कर दिया तो कल्याणी-सुखदा मन मसोसकर रह गये।

इस बीच किरपा से ही .ख़बर मिलती रही थी। पता चला उन्हें खुले वातावरण में रखने के लिए चुनारवाले घर में ले जा रहे हैं। चुनार से वहाँ के पत्थर की बनी मूर्तियों का काम भी करते थे सूरजभान। सो घर रख छोड़ा था, वहाँ गंगा किनारे। कल्याणी को एक आशा-सी बँधी वहाँ जाकर देख पायेगी उनको। पर कैसे? सुखदा

का पूरा समय चल रहा था। प्रसव कभी भी हो सकता था। रहने को सरोज मौसी और रत्ना यहाँ रह सकती थीं, पर बसन्त की अनुपस्थिति में उसका न रहना ग़ैर-ज़िम्मेदाराना बात होती। सो कल्याणी चुप लगाकर बैठ गयी। उसने नीचे के बैठका में ज़मीन पर जो चटाई बिछायी तो जैसे अपने-आपको आनेवाले दुःख के लिए तैयार कर लिया। नियमित रूप से 'सुन्दरकाण्ड' का पाठ करती। 'करवट काशी' में महामृत्युंजय का जाप भी लगवा दिया था, सुरजू लाला के नाम का। सुखदा के लाख कहने के बावजूद कल्याणी का खाना-पीना कम होता जा रहा था, साथ ही हँसना-बोलना भी। हालांकि सुखदा का पूरा ख़्याल रख रही थी। ऊपर ज़रा-सी भी आवाज़ होती, नीचे से आवाज़ लगाती, "क्या हुआ सुखदा? ठीक तो है न? थोड़ा चल ले बेटी।"

रत्ना रोज़ आ जाती तो ऊपर-नीचे करती। उसी ने कल्याणी से कहा, "आप ऊपर क्यों नहीं रहतीं। सुखदा बेचारी अब नीचे नहीं आ सकती। न हो तो उसे मायके ही भिजवा दो न अम्माँ।"

"हाँ बसन्त आ जाये तो भिजवा दूँ साथ। बसन्त के आने का इन्तज़ार है। आ जाये तो उसके साथ तुम्हारे चाचा जी को देखने चुनार भी जाना है।" कल्याणी ने धीरे से कहा। "ऐसे बुरे वक़्त गया है बसन्त कि क्या कहें।"

"चाहो तो अभी इनके साथ चली जाओ। हम भी साथ चले चलेंगे। कितने दिन हो गये उन्हें देखे।" रत्ना ने सुझाया। उसका मन ख़ुद भी ललक रहा था चाचा जी को देखने को। पर हिम्मत नहीं हो रही थी। वहाँ उनके बेटी और दामाद साथ ही रह रहे हैं। बड़ी को तो फिर भी सब जानते हैं पर छोटी, उससे तो बिल्कुल ही परिचय नहीं। दामाद तो सुना है इस परिवार से बहुत चिढ़ते हैं। ऐसे में चाचा जी को देखने जाना कोई आसान काम नहीं है। रत्ना ने सोचा पर कहा कुछ और।

"पर अम्माँ जाना तो पड़ेगा एक बार। तबीयत बहुत अच्छी नहीं है उनकी।"
"जानती हूँ। वह हम सब को देखने को तड़प भी रहे होंगे, पर कहेंगे किसी से नहीं। ऐसे में बसन्त का बाहर होना इतना खल रहा है कि बता नहीं सकते।" कल्याणी को सूरजभान को देखने की तेज़ इच्छा हो रही थी पर कह नहीं सकती थी जैसे उधर सूरजभान नहीं कह सकते थे। कई बार फ़ोन भी किया पर हर बार शकुन फ़ोन उठाया और "ठीक है" कहकर बात ख़त्म कर दी। सूरजभान चाहें तो उधर से फ़ोन मिलाकर बात कर सकते थे, पर वह भी नहीं कर रहे हैं। पता नहीं किस स्थिति

में हैं। कल्याणी का ध्यान चौबीसों घण्टे बस चुनार में ही था। "घबराओ मत अम्माँ। चाचा जी ठीक होकर बनारस ज़रूर आयेंगे।

"कल इनसे कहेंगे ये जाकर हाल-चाल ले आयें।" रत्ना ने माँ को सान्त्वना दी।

"हाँ ज़रूर बिटिया। पता तो चले उन्हें कि हम सब उनका हाल जानने को बेचैन हैं।" बोलते-बोलते कल्याणी का गला रुँध आया और आँख में आये आँसू वह रोक नहीं पायी। चेहरा परली तरफ़ फेर लिया। रत्ना ने आगे बढ़कर कल्याणी को गले लगाया तो कल्याणी के मन का रुका बाँध टूट गया।

"ऐसे मजबूर हो जायेंगे कभी ज़िन्दगी में नहीं सोचा था।"

जीवन की उलझती-सुलझती गुत्थियाँ

सब-कुछ ऐसे उलझता है कभी-कभी। बसन्त को सूचना भिजवा दी थी सुखदा ने, पर घर से दूर बैठे उसे स्थितियों का उलझाव समझ नहीं आ रह था। सुखदा के कहने पर उसने यात्रा कटशार्ट कर दी पर फ़्लाइट का टिकट मिलना इतना आसान नहीं था। जिस दिन की फ़्लाइट मिली उसके पहले ही घटनाएँ तेज़ी से घटती चली गयीं।

शिवम दुकान से जल्दी वापस आया तो कल्याणी का माथा ठनका। उसने एकदम से विस्फोट किया। "आज सुबह चाचा जी नहीं रहे। उन्हें, उनके दोनों दामाद और शकुन दीदी वापस बनारस ला रहे हैं।" सुखदा से ऊपर रहा नहीं गया। सीढ़ी से उतरकर नीचे ही आ गयी। अम्माँ के पास आकर बैठी। उसे लगा था अम्माँ को सँभालना मुश्किल होगा, पर अम्माँ तो जैसे काठ की मूर्ति हो गयी थीं। सुखदा ख़ुद को न सँभाल सकी। रत्ना, जगदीश जी को साथ लेकर आयी तब तक सुखदा के दर्द शुरू हो गया। सरोज मौसी को बुलवा भेजा गया। जब तक सुखदा को लेकर रत्ना और सरोज मौसी अस्पताल जाती केशव मौसा जी सूरजभान के घर का सन्देशा लेकर आ गये। कल्याणी के सामने पल्थी मारकर बैठे, इस उम्मीद से कि शायद कल्याणी फूट पड़ेगी, विलाप करेगी। ऐसा कुछ नहीं हुआ उन्होंने ही कल्याणी के सामने बात रखी, "जीजी, सुरजू भाई का अन्तिम काम करनेवाला कोई नहीं है। सुरजू भाई के यहाँ जुटे बिरादरी के सभी बड़े-बुज़ुर्गों की राय है कि उनको आग देने के

लिए शिवम ही एक सुपात्र है। उनकी बिटिया मधु साथ आयी है उसे लेने बाहर खड़ी है। कल्याणी को तीर-सा अन्दर तक भेंदता चला गया, "कितनी आसानी से नकारता है समाज और कितनी आसानी से स्वीकार भी कर लेता है। जैसे इस सारे स्वीकार-नकार में उसका कहीं कोई हक़ नहीं। उसकी कोई राय नहीं।" पर यह समय बहस का नहीं था। बहस की मनःस्थिति भी नहीं थी। कल्याणी ने दृढ़ स्वर में शिवम से कहा, "जाओ शिवम बड़ों की बात मानते हैं बेटा। सरोज इसका कपड़ा और ज़रूरी सामान ऊपर जाकर निकाल दो।"

"वह सब हो गया जीजी। आप चिन्ता न करें।" मतलब? सारी तैयारी हो गयी थी तब उसे बताया गया है। केशव मौसा जी उठ गये, "चलो बेटा।" शिवम कुछ समझा-अनसमझा-सा केशव मौसा जी के साथ चला, माँ की ओर मुड़-मुड़कर देखता।

सुखदा को अस्पताल ले जाने का समय ही नहीं मिला। मोहल्ले में एक पुरानी नर्स रहा करती थी। उन्हें ही पड़ोसियों ने बुला भेजा। रात में सुखदा ने पुत्र को जन्म दिया। अजब सन्नाटे में वह घटना घटी जिसका सबको इतना इन्तज़ार था। सुखदा को .ख़ुशी के बजाय न जाने क्यों ज़ोर से रोना आ रहा था। प्रसव की पीड़ा में थकी वह सो गयी थी। सरोज ने आकर कल्याणी को सूचना भर दी। बधाई देने की हिम्मत नहीं हुई, "बेटा हुआ है बसन्त का" एक ठण्डी साँस ले कल्याणी ने सरोज को ऐसी निगाहों से देखा जो सरोज की समझ के बाहर था। "तुम ही दोनों का .ख्याल रखना सरोज। चाहो तो सुखदा की माँ को बुलवा लो। अच्छा रहेगा।" कहकर फिर हवा में निगाह ठहरा दी कल्याणी ने, जैसे इस जगत् से उसका भी नाता टूट गया हो।

नीचे के इस तल्ले में वैसे भी अँधेरा था। तिस पर मौत का सन्नाटा पूरे घर पर व्याप्त था। इस सन्नाटे की आवाज़ टूटती सिर्फ़ नवजात शिशु के रोने से और दोनों बेटियों के उसे पुचकारने खिलाने की आवाज़ों से। दोनों बच्चियाँ सन्न थीं कि अम्माँ को कुछ हो गया है। सुखदा से पूछ बैठी "नये-बच्चे के आने से क्या दादी को .ख़ुशी नहीं हुई?"

"हुई है बेटा, पर वे छोटे बाबा के जाने से दुःखी हैं अभी। जब पापा आ जायेंगे तो सब ठीक हो जायेगा।" दरअसल सचमुच ही सुखदा को बसन्त के आने का बेसब्री से इन्तज़ार था। बेटे के होने पर वह .ख़ुश नहीं हो पायी। शिवम, चाचा जी

को आग देकर उन्हीं के घर रह रहा है। अम्माँ ने बेटे को अब तक देखा नहीं। खाना-पीना सब छोड़ रखा है। बसन्त के अलावा और किसी की हिम्मत नहीं जो उनको सहज करवा सके। सबको लग रहा था स्थितियों का ये घना बादल उसके आने पर धड़धड़ाकर फूटेगा। ज ोर से बारिश होगी। सरोज मौसी न होती तो सुखदा को खाना-पीना भी नसीब न होता या उसे ख़ुद ही उठकर बनाना पड़ता।

चल खुसरो घर आपने

बसन्त को यह विदेश यात्रा भावनात्मक रूप म इतनी कठिन पड़ेगी उसने सोचा न था। चाचा जी के निधन और सुखदा के बेटे को जन्म देने की ख़बर उसे आगे-पीछे मिली। चाचा जी के मरने का दुःख भारी पड़ा और रास्ते-भर उद्वेलित रहा बसन्त, यही सोचता हुआ कि, अम्माँ का क्या हाल होगा! कैसे सँभालेगा उन्ह !

स्टेशन पर शिवम और केशव मौसा के होने की उम्मीद कर कर रहा था पर सिर्फ़ किरपा को आया देख उसे ताज् जुब हुआ। किरपा ने रास्ते म ख़बर दी "अम्माँ जी का तो बुरा हाल है। मुँह म दाना नहीं डाल रहीं। शिवम भइया वहीं चाचा जी के घर है। आप कहाँ चल गे? चाचा जी के घर या अपने?"

"नहीं अपने घर ही चलो। पहले अम्माँ से मिल गे।" सड़क पर कार रुकी। गली पार कर घर तक पहुँचना उसे पहली बार पहाड़ पार करने जैसा लगा। आज गली म रास्ता छेके बैठे गाय-साँड़ उसे जैसे बुरे लगे, वैसे जीवन म कभी न लगे थे।

घर का दरवाज़ा खुला हुआ था। दरवाज़ा खोल आँगन में क़दम रखते ही लगा यह घर इस बीच बदल गया पूरी तरह। अजब-सा सायँ-सायँ सन्नाटा और सेवरी के समय की ढेर सारी महक से घर भरा हुआ था। आँगन पारकर कमरे म जाने की उसकी हिम्मत नहीं हो रही थी। थोड़ा वहीं रुका। ऊपर लगे छड़ के जँगले से सुखदा ने उसे देखा। उसने ऊपर देखा और अपने आपको देखती सुखदा को हाथ से थोड़ा रुककर आने को या "मैं थोड़ी देर म ऊपर आता हूँ" जैसा कुछ इशारा किया। बाहर चप्पल उतार कमरे म आया। कमरे म ज़मीन पर बिछी चटाई पर मैली-कुचैली साड़ी पहने अम्माँ जैसे पूरम्पूर शोक की प्रतिमूर्ति बनी दिखायी पड़ रही थीं। अशोक वाटिका म सीता जैसा चेहरा ऐसा उदास जैसा उसने संकट के दिनों म भी नहीं देखा था। आँख सूजी न जाने कहाँ देखती हुईं धीरे से उनके बग़ल म बैठा बसन्त। उन्होंने

गर्दन घुमायी और जैसे कोई बिजली कड़के और बादल फट जाये ऐसे उनकी रुलायी फूटी। बसन्त अम्माँ को बाँहों में सहेजे ख़ुद भी रोता रहा अब तक की सारी रुकी हुई रुलायी। बहुत देर रो लेने के बाद उससे दूर हटी और बोली कल्याणी। ''बसन्त रे, तेरे चाचा चले गये। चला गया तेरा सहारा।''

''हाँ अम्माँ'' बसन्त का रोदन एक बार फिर उठा।

''तुम ऐसे गये हमारे भाग्य रूठ गये बसन्त। उन्ह अन्तिम बार देख भी नहीं पायी।'' विलाप करती रही, और बोलती रही अनवरत!! इस बात का दुःख अम्माँ को क्या, उसको भी जीवन भर सालता रहेगा, यह समझता है बसन्त। उसका पछतावा भी रोदन म बदल गया। हिचकियों के बीच ही कल्याणी ने बताया, ''तरस कर रह गये होंगे वे भी, तुम्ह और हम देखने को। जो इन्सान एक दिन इस घर आये बिना नहीं रहता था उसे इतने दिन तक न तुम मयस्सर हुए, न हम। हाय क्या बीती होगी उन पर।''

''क्या कह । अब तो यह जीवन-भर का दुःख है। धीरज रखना पड़ेगा अम्माँ।''

''हाँ रे बसन्त। तेरी अम्माँ को धीरज धरना ख़ूब आता है। रखूँगी रखूँगी। और कर भी क्या सकती हूँ।" जी भर रोने के बीच ही रुककर अचानक उन्होंने आँचल से अपनी आँख पोछीं और अपने दोनों हाथ जोड़े, बसन्त की ओर मुड़ी। उसे ऐसे देखा जैसे कोई राज खोलने जा रही हों।

''बसन्त मुझे माफ कर देना बेटा। कर सकेगा न? मैं शिवम को उनका काम करने से नहीं रोक पायी।'' बसन्त इस बात के मर्म तक नहीं पहुँच पाया। सहजता से बोला? ''तो ठीक ही तो किया अम्माँ। चाचा जी हम दोनों को अपना बेटा ही तो मानते थे। मैं नहीं था, उसे तो जाना ही था।'' बसन्त को बात की नोक-पलक अभी भी समझ म नहीं आयी थी।

कमरे की डेहरी पर खड़ी सरोज मौसी ने बात स्पष्ट कर दी, जैसे इन्तज़ार ही कर रही थी इसका, ''नहीं बेटा। तुमको नहीं, ख़ास शिवम को ही बुला भेजा था उन लोगों ने। यह मानकर कि शिवम उनका ही बेटा है।''

बसन्त को बात अब समझ में आयी। समझने और सँभलने में एक क्षण लगा उसे। इसका सामना करने के लिए वह बहुत समय से तैयार था। तसल्ली से अम्माँ की ओर देखा एक आश्वासन देती निगाह।

गुरु-गम्भीर स्वर में बोला तो क्या फ़र्क़ पड़ता है अम्माँ?" कल्याणी उसकी गोद में ढेर होने को हो गयी, "बेटा अब तुझे दुनिया जहान की बातें सुनने को मिलेंगीं। तुम्हें अपनी अम्माँ ओछी लगेगी? दुश्चरित्र? मुझे दुनिया की चिन्ता नहीं बस तुम्हारी गुनाहगार हूँ बेटा। मुझे माफ़ कर देना?" बसन्त ने कल्याणी के दोनों जुड़े हुए हाथ अपने हाथों में पकड़े और बोला।

"किस बात की माफ़ी अम्माँ। चाचा जी के प्रति तुम्हारा स्नेह देखा है मैंने उसमें कुछ भी तो ग़लत नहीं था।" आगे जैसे सबको सुनाते हुए बोला, "बच्चा नहीं हूँ मैं। जान लो आज। सारी दुनिया एक हो जाये, तुम पर उँगली उठाने में, तुम्हारा बेटा हमेशा तुम्हारे साथ रहेगा।" कल्याणी को बसन्त आज बेटा नहीं, बाप-सा लग रहा था और उसकी छाती धरती-सी, जिस पर अब तक की सारी बारिश जज़्ब हो गयी। उसे दोनों बाँहों में सहेजते बसन्त ने देखा, कमरे की देहरी पर दरवाज़े का कोना पकड़े सुखदा भी बच्चे को लिये खड़ी रो रही थी। कल्याणी को दीवार से टिका बसन्त उठा और सुखदा के हाथ से बच्चे को अपने हाथों में ले कल्याणी के सामने बैठ गया। "अम्माँ, लो चाचा जी का गणेश आ गया। सहेजो।" कल्याणी ने पहली बार बच्चे को देखा, एक हूक भरी और सीने से लगाया। दिल कुछ हल्का हो गया। बहती हुई नाक, आँख पोंछ कल्याणी ने कहा।" दो-दो सूतक लगे हैं घर पर। सरोज आज छट्ठ का नहान करा दो बच्चे का। एक सूतक तो समाप्त हो।"

"और दूसरे की समाप्ति के लिए हमें घाट जाना होगा। अम्माँ हिम्मत करो, उठो हमें मणिकर्णिका जाना होगा।" बसन्त ने कहा।

बसन्त का हाथ पकड़ उठती कल्याणी को लगा आज एक कहानी समाप्त हुई पर जीवन-कहानी से बड़ा जीवन? अभी चलना है।